오늘이
좋아지는
연습

성스런

채륜서

스물여섯,
내 친구에게

H는 스물여섯에 죽었다. 살아 있었다면 2021년엔 서른셋이 되었을 것이다. 그녀는 죽기 전에 나를 찾아와 울었다. 9년 동안 친구로 지내면서 그녀가 엉엉 우는 모습은 그날 처음 보았다. 나는 "같이 요가 하러 가자."고만 했다. 운동을 하면 기분이 나아지겠지. 나도 그랬으니까. 매일 집에만 갇혀 있어서 안 좋은 생각을 하게 되는 걸 거라고. 나는 나름의 대책을 세웠고, 그녀는 거절했다. "요가원 가는 길에 낯선 사람들이 따라와서 우릴 죽일 수도 있어. 그래서 너와 함께 갈 수가 없어." 그리고 며칠 뒤 H는 죽었다.

"요가 하자."라는 말은 무력하다. 차라리 "네 뒤엔 내가 있어."라는 말 한마디가 더 위안이 되지 않았을까. 내가 그 말을 했던가, 안 했던가. 솔직히 기억나지 않는다. 분명한 사실 하나는 그녀가 떠난 지 7년이 다 되어가는 지금까지 그날 "요가 하자"고 한 말을 후회하고 있다는 것뿐이다.

아이러니하게도, H를 잃고 찾아온 무기력과 방황, 가끔씩 찾아오는 자살 충동, 폭식 증세를 나는 요가를 통해 극복했다. 하지만 그건 내 사례에 불과하니까 남들한테도 도움이 될지는 확신할 수 없는 거다. 다른 변수도 있을 테고.

나는 요가로 나를 구했지만, 다른 누구를 구한 적은 없다. 다만 운동화를 신고 밖으로 나가는 일이 세상에서 가장 힘겨운 사람들이 있다는 걸 이제는 안다. 이 책은 그래서 만들었다. H가 살아있다면 나는 이런 이야기를 내 소중한 친구에게 해주고 싶다. 너무 늦었지만.

차례

4부 · 루틴을 유지하기 힘들다면 먼저 비워보세요

1부

언제 기분이 좋아지는지
알고 있나요?

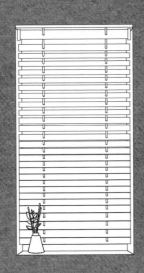

마음은 그냥
자라지 않아요

마음 체크리스트
작성하기

CCCCO

여덟 살 때쯤 구관조 한 쌍을 키웠다. 윤기 나는 검정 털과 주황색 부리가 대조되는 새의 모습은 눈부시게 아름다워서 아빠가 처음 새장을 집에 들여온 날 "우와"하며 탄성을 냈던 기억이 난다. 문제는 이 매력적인 새들이 집에 온 지 두 달도 되지 않아 기운 없이 웅크리기 시작하더니 점점 기력을 잃어갔다는 사실이다. "물도 밥도 주라는 대로 준 건데… 영양제를 줘야 하나?" 원인을 모르니 평소보다 더 많은 밥을 주었다. 그런데도 소용없었다. 녀석들은 확실히 병들어 보였고, 결국 한 마리가 죽었다.

구관조는 사람의 말을 따라 할 수준으로 재주가 많고 영민한

새인데, 그 예쁜 목소리를 들어보기는커녕 남은 한 마리의 새마저 잃을까 애를 태우며 새장을 들여다보는 게 일과가 됐다. 아빠는 하루에 한 번 하던 새장 청소를 두 번씩 해줬다. 그런데도 녀석이 부들부들 떨고만 있자 나는 녀석에게 물었다. "이렇게 잘해주는데도 왜 노래를 하지 않아?" 안타깝게도 얼마 지나지 않아 남은 한 마리도 따라 죽어버렸다. "수족관에서 애초에 병든 새를 팔았나 보다." 우리 가족은 생각했다.

구관조가 허망하게 죽은 진짜 이유는 수십 년이 흘러 성인이 되어서야 알았다. 우연히 TV 프로그램에서 정성 들여 구관조를 기르는 주인의 모습을 보았는데, 어린 시절 내가 새를 키웠던 방법과는 많이 달랐기 때문이다. 구관조는 잠이 많은 새이고, 빛이 새어 나오는 환경을 싫어하는 까닭에 경우에 따라 밤에 새장을 천으로 덮어주는 노력이 필요했다. 또 너무 춥지도 덥지도 않은 환경과 목욕을 할 수 있는 물통도 제공해 주어야 했다. 새장에서 먹고 자더라도 밖으로 나와 날갯짓할 별도의 운동시간도 요구됐다. 그걸 보고 있자니 "아차" 싶었다. 도대체 '밥만 주면 된다'는 기준 하나로 자라는 단조로운 생명이 어디 있단 말인가. 야생에서는 어두운 환경에서 잠도 푹 자고, 냇가에서 목욕도 하며 살았을 텐데 그것도 모르고 거실의 빛이 그대로 들어오는 베란다에 두고는 "왜 잘 자라지 못하냐"라고 물었던 거다. 그래놓고 죽음마저 새의 탓으로 여겼으니 그제야 후회가 막심했다.

TV를 보고 나서 들었던 회한은 시간이 지날수록 죄책감으로 변했다. 새들이 죽고 나서 한동안 베란다에 덩그러니 두었던 텅 빈 새장이 며칠간 내 머릿속을 가득 채우고 지우려 해도 지워지질 않았다. 가뜩이나 회사를 다니면서 매일 퇴사를 고민하고, 폭식증이 오고, 몇 년 전에 죽은 친구마저 연일 꿈에 나오는 바람에 잠도 거의 못 자고 있었는데, 이젠 죽은 새에 대한 채무까지 생겨버렸으니 체력적으로도 심적으로도 너무 힘들었다. 그런 컨디션으로 하루 종일 침대에 멍하니 있다 보면 내 마음이 죽은 구관조와 함께 새장에 들어있는 기괴한 꿈을 꾸기도 했다.

그 몽상 속에서 하루는 새장 속 새에게 "밥을 챙겨주는데도 왜 아픈 거야?" 물었더니 새가 내 눈앞에서 픽 하고 쓰러져 죽어버렸다. 그 옆에 시들한 상태로 갇혀있는 내 마음에게도 "너도 잘 먹고 잘 살고 있으면서 왜 이렇게 우울해하는 거야?"하고 물었더니 마찬가지로 픽 하는 소리와 함께 새를 따라 죽어버렸다. 엄밀히 따지면 수면 부족이 불러일으킨 말도 안 되는 환상에 불과했는데, 그때는 깨어나자마자 "아… 새도 마음도 살릴 수 있었는데… 목욕시켜 줄걸. 새장 열어서 산책시켜 줄걸…." 하면서 한탄을 했다.

사실 꿈에서 새와 마음에게 내가 했던 물음은 평소 스스로에게 자주 하던 질문이라 가슴이 더 아팠다. 새가 병약하다며 탓했던 과거처럼, 현실에서도 나는 "네가 우울할 일이 뭐가 있어? 왜 이렇게 나약해?"하며 내 마음을 꽁꽁 가둬두고 채근하기만 했다. 마음이 안 좋은 이유는 사실 너무 많았는데도 알아차리지 못하고 말이다. '마음마저 새처럼 죽어버리면 그땐 어쩌지?' 나의 무지로 인해 새는 떠나보냈지만, 내 마음만은 이렇게 방치하면 안 되겠다고 생각했다.

마음은 어떤 환경에서 잘 자랄 수 있을까. 아홉 살의 나로 돌아가 어여쁜 새들을 새로이 돌보는 마음으로 하나하나 살피고 기록해보기로 했다. 마침 폭식증을 극복하고자 먹고 운동한 것을 기록하는 식단 일기를 쓰는 중이어서, 그것과 나란히 매일 기분이 좋았을 때의 상황과 그렇지 않을 때의 여건, 기분이 회복됐던 경우를 있었던 대로 꾸준히 적어 보았다. 이런 방식으로 매일의 기록들을 차분하게 모아서 작은 새를 돌보아주듯 나만의 '마음 체크리스트'를 만들었다. 예를 들면 어느 날의 휴일에는 기분이 바닥으로 가라앉은 채 나아지지 않길래 이 날 내가 했던 모든 행동을 추적하듯 일지에 적어봤다. 그날은 점심쯤이나 되어서야 겨우 일어나서 하루 종일 씻지도 않고, 외출도 하지 않고, 배달 음식을 먹으며 넷플릭스를 7시간이나 보았다. 그리고 밤이 되어서야 할 일을 아무것도 하지 않은 게으른 나를 자책하며 우울해했다. 그날 일지를 토대로 하지 말아야 할 것과 할 것을 구분해 선정해 보았다.

-할 것: 평소처럼 일어나기, 그러기 위해 휴일 전날 밤에도 일찍 자기, 씻기, 10분이라도 나가서 걷고 햇볕 쬐기, 건강한 음식 먹기

-하지 말아야 할 것: 넷플릭스 보면서 밥 먹기, 자책하기

다음번 휴일에는 이렇게 만든 체크리스트를 그대로 적용해 하루를 보냈다. 늦잠 자지 않고 일어나 산책을 했고, 볕을 쬐었고, 가벼운 요가를 하고, 친구들을 만나 얘기를 나누며 맛있는 음식을 먹었다. 과식을 했고, 읽기로 한 책을 다 보지 못한 것이 아쉽긴 했지만, 책망하지 않으며 즐거운 하루를 누린 사실에 만족해 보았다. 그렇게 연일 할 일과 하지 말아야 할 일을 더하고 빼가며 작업을 반복했다. 몇 달간 관찰하다 보니 기분이 좋은 날마다 지켜온 체크리스트의 공통적인 요소들이 있어서 따로 추려 보았다. 대단한 것들일 줄 알았는데 예상과 달리 사소했다.

-수련했는가

-햇볕을 쬐었는가

-잘 먹었는가(양적, 질적 측면에서 모두)

-일찍 자고 일찍 일어났는가

-고양이를 만졌는가

-몸은 돌보았는가

-집은 정돈되어 있는가

　깨끗하게 목욕을 하고, 적정한 온도, 음식, 수면환경이 주어질 때 새의 컨디션이 좋아질 수 있는 것처럼, 나 역시 잘 자고, 잘 먹고, 정갈한 생활을 이어갈 때 안정감 있는 마음을 가질 수 있는 사람이었다. 이렇게 목록을 작성해보기 전까지는 갖고 싶은 것을 사고, 목표한 금액을 저축해 놓고, 직업적으로 무엇이든 성취해야만 마음이 좋아지는 줄로 착각했다. 세상 일이 내 의지대로 다 이뤄지는 것도 아닌데, 그것도 모르고 내 뜻대로 안된다며 매번 무력감을 느끼고 크게 좌절했다. 마음에게 뭐가 더 중요한 줄도 모르고 말이다.

　간과했던 부분을 일순위로 챙기기로 했다. 일찍 자고 건강한 음식을 먹는 일, 그러니까 내 힘으로 어쩔 수 있는 것들을 먼저 해

나가기 시작했다. 그러다 보니 내가 생각하는 것보다 마음의 우울
은 심각하지 않았고, 기분을 전환하는 일은 고양이의 다정함을 느
끼는 것처럼 작은 일에서부터 시작한다는 사실도 깨달을 수 있었
다. 마음의 행복은 결국 몸의 행복과 연결되어 있다는 점도 체크리
스트를 통해 체감했다. 예전에는 슬픈 드라마를 보면서 마음을 위
로받고, 자존감을 높이기 위한 책을 읽는 것이 내 마음에 해줄 수
있는 전부인 줄 오해했다. 그런데 체크리스트를 작성하고 나서는
햇볕을 쬐고, 샤워를 하고, 걷고, 운동을 하는 일들을 통해 몸을 단
정히 하는 것이 마음을 위해 더 필요한 일이라는 걸 알았다. 마음과
몸은 결국 하나이기 때문에 마음이 불편할 때 몸의 불편함을 덜어
주면 도움이 됨을 경험을 통해 알게 된 것이다.

　물론 이 작업이 매번 들어맞는 건 아니다. 점검을 해봐도 이유
를 찾지 못한 날도 분명 있었다. 또 원인을 알면서도 하릴없이 속상
한 사건도 생기기 마련이다. 삶에는 언제나 여러 가지 감정이 공존
하기에 이런저런 조건을 잘 맞춘다고 해도 내 마음을 완전히 알기
는 어렵다. 아마 평생 모르지 않을까. 그래서 오늘도 이리저리 살피
고 주의를 기울일 뿐이다. 그래도 예전에 비하면 사소한 일 때문에
기분이 가라앉는 빈도수는 상당히 적어졌다. 최소한 나의 경우 '내
마음 나도 모른다'는 가사에 취해 울던 때보다는, 결과가 어찌 됐든

일지를 쓰는 지금의 마음이 훨씬 안정적으로 느껴진다. 물론 이것은 나의 경험에 불과하니 자기 스타일대로 나름의 기록을 꾸준히 쌓아가다 보면 자신의 마음에 꼭 맞는 체크리스트를 만들 수 있을 거라 믿는다.

몇 달 전, 집에 있는 나무 한 그루가 시들시들해지는 것을 목격하고 안절부절못한 적이 있다. '일주일에 물 한 번'이라는 화원 사장님의 말을 착실히 따라 했는데도 녀석은 곧 죽을 것 같았다. 요가원의 식물들을 자기 것처럼 돌봐주시는 회원에게 우리 집 사정을 이야기했더니 이런 조언을 받았다. "일주일에 한 번이라는 말이 다 통하는 것은 아니에요. 햇빛은 잘 드나요? 바람은요? 거기에 따라 물이 필요한 시기도 달라지겠죠." 그 말을 듣고 나니 또 한 번 "아차" 싶었다. 관심을 갖고 들여다보는 일에는 모든 생명에 예외가 없었다. 새도, 나무도, 내 마음도.

다행히 며칠 전에 그 나무 꼭대기에 손톱만 한 작은 새싹이 다시 돋았다.

2부

좋은 기분을 유지할 수 있도록
루틴을 만들어요!

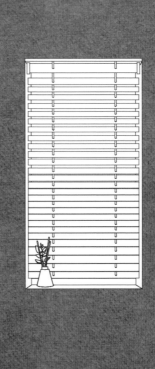

1장

수련했는가

어느 날의
알아차림

삶이라는
매트 위에 서서

〇〇〇〇〇

요가 수련을 마친 어느 날이었다. 함께 수업을 듣는 동료 선생님이 "내일 보자"라는 가벼운 인사를 건넸다. 그런데 나는 바로 대답을 하지 못했다. 하필 내일은 핸드스탠드를 연습하는 날이었기 때문이었다. 핸드스탠드는 손으로 바닥을 짚고 몸을 거꾸로 세워 중력을 버텨내는 역자세다. 시도할 때마다 힘들고 무섭고 갑자기 엄마가 보고 싶어지는 그런 동작. 가능하면 피하고 싶어서 매주 결석하고 있던 참이었다. '뭐라고 핑계를 댄담?' 잠시 고민하던 나는 끝내 싫어하는 수업이 있다는 걸 자백하고 말았다. "아, 저 내일은 힘들어서 안 와요."

그렇게 말하고 돌아서는 길에 기분이 참 이상했다. 내가 아는 요가 수련은 본디 고행이다. 그것이 정적인 인요가이든, 땀이 뻘뻘 나는 아쉬탕가 빈야사 요가이든 몸과 마음의 고통을 초월해 해탈에 이르는 것이 요가의 목적이기 때문이다. 그런데 나는 힘드니까 안 하겠다는 말을 덥석 해버렸다. 괴로움을 마주하지 않는 요가만 하겠다니? 자체가 모순이었다. 그날 저녁 내 수업을 들으러 온 회원들 앞에서도 부끄러운 마음이 일었다. '어려워도 할 수 있는 만큼만 해봐요'라고 말할 자격이 나에겐 없는 것 같았다. 집에 돌아와서도 '평생 어려운 자세를 안 하고 살 건가?' '그런데 쉽고 어려움의 기준은 뭐지?' 질문이 밤새 꼬리에 꼬리를 물었다.

다음날 내 편견에 휘둘리고 싶지 않아 요가원에 갔다. 예상은 했지만 그날은 정말이지 힘들었다. 심지어 핸드스탠드를 30분 넘게 집중 연습했다. 몸을 들어 올리는 힘이 부족한 나는 바닥에서 헛발질만 계속 해댔다. 가끔 운 좋게 몸이 위로 섰을 때는 '앞으로 굴러떨어지면 엄청 아프겠지? 사람들도 많은데 창피하겠지?' 걱정에 휩싸여 1초도 버티지 못했다. 사뿐하게 거꾸로 올라가는 선생님들 사이에서 혼자만 작아지는 기분이 들었다. 결국 수련 시간 내내 한 번도 동작을 해내지 못했다.

그런데 이게 무슨 일일까. 비록 머리는 헝클어지고, 온몸은 땀으로 젖고, 얼굴까지 벌게졌지만 수련을 마치고 나니 마음속에서 벅찬 감정이 쑥 올라왔다. 오랜 시간 외면하던 일에 맨몸으로 직면했다는 사실에 스스로 뿌듯했던 것이다. 한 번이라도 더 차올리려고 낑낑대며 애쓴 것도 이전에는 없던 변화였다. '그래! 성공은 못했지만 피하진 않았다.' 누군가는 이해하지 못할, 오롯이 나만 알 수 있는 이 느낌. "수고하셨습니다. 나마스테!"를 외치는 목소리들 사이에서 나는 그렇게 혼자 웃고 있었다.

요가에는 핸드스탠드처럼 어렵고 난해한 동작들이 많다. 누군가는 이 자세들을 본능적으로 잘하기도 하지만, 유난히 체력이 약하고 겁 많은 나는 그렇지가 않았다. 취미로 요가를 시작하던 때부터 어느 것 하나 쉬운 게 없었다. 당시 한 시간 동안 내가 할 수 있는 동작은 두발로 가만히 서있는 자세(타다사나)와 누워서 몸을 이완하는 자세(사바사나)뿐이었다. 그마저도 서있을 때는 선생님이 내 갈비뼈를 아래로 꾹 눌러주고 갔고, 누워서 쉬려고 할 때에는 다시 와서 비뚤게 누웠다며 내 발목을 잡고 다리를 들어 옮겨주고 갔다. "아니, 나는 눕고 서는 것도 못하는 사람인 거야?" 요가는 땀도 안 나는 편한 운동이라고만 생각했는데, 좌절감을 느꼈다.

그 절망을 시작으로 나는 내가 무능하다고 생각했다. 그러지 말아야지 마음을 추스르려고 해도 어려운 자세만 만나면 나를 비난했다. '나는 정말 답이 없어. 힘도 없고 유연하지도 않은 쓸모없는 몸을 가졌잖아. 이 몸으론 평생 저 자세를 못할 거야.' 하면서 말이다. "몸을 사용하는 것은 생각보다 쉽지 않아요. 욕심 버리고 꾸준히 해보세요." 매번 내 몸을 바로잡아주던 요가원 선생님은 내가 힘들어할 때마다 이렇게 말했다. 그런데 나는 그 말조차 받아들이기 어려웠다. '스트레스를 풀러 운동하러 왔는데, 매번 스트레스를 꾸준히 받으라고요? 매시간 이렇게 고통만 느끼면서 몇 년을요? 으~ 안 할래요!' 머리론 알겠는데 마음은 계속 동요했다. 그럴 때마다 수업에 불참했다.

시간이 흘러서도 마음이 나약해지는 순간마다 피해버리는 습관들은 툭 하고 튀어나와 나를 괴롭혔다. 요가 강사가 된 이후에는 자격지심도 더해졌다. 힘세고, 유연하고, 숙련된 선생님들 사이에서 미숙한 실력을 비추는 게 자존심 상했기 때문이다. "이게 아직 안 돼?"라며 누군가 무심코 던진 한마디에는 상처를 입었다. 그런 날에는 '나 같은 게 요가강사라니!' 하면서 절망에 빠졌다. 몇 년간 수련하며 발전한 부분도 분명 많았을 텐데, 당시에는 다른 사람의 발전만 더 잘나 보이고 눈에 띄었다. 내가 이룬 건 아무것도 아닌 것처럼 느꼈다.

이런 내 모습을 보는 게 힘들어지자 또다시 특정 요일마다 요가원을 달아나기에 이른 것이다. 하지만 상황을 피하기만 한다고 마음이 좋아지는 건 아니었다. 매주 핸드스탠딩 수업을 내뺄 때에는 마치 실패자가 된 것만 같았다. 다른 수업에 들어가서도 내가 못하는 자세를 시키지 않는단 보장이 없었다. 매일 힘든 자세를 만날까 봐 조마조마하면서 수련하는 기분은 생각보다 더 찜찜했다. 한편으로는 '이 자세를 누가 알려달라고 하면 어떻게 가르칠 건데?' 하는 걱정도 들었다. 언제 터질지 모르는 내 안의 고민들을 끌어안고 몸을 움츠린 내 모습이 가끔은 안타까웠다. 이마저도 머리가 복잡해 그냥 외면하고 있었다. 그날, 다시 한번 용기를 내어 핸드스탠드 수업에 들어가지 않았더라면, 아직까지 그렇게 살고 있었을지도 모르겠다.

"매트 위에서의 태도가 삶의 태도와 다르지 않다."

나의 선생님은 말했다. 생각해 보면 요가를 하면서 보였던 나의 태도는 인생을 살아가면서도 다를 바 없었다. 핸드스탠드는 내 인생의 크고 작은 문제들에 비하면 차라리 사소했다. 사회에서 힘든 일을 겪고, 문제가 생길 때마다 나는 그저 내 탓을 하며 풀죽어 울었고, 도망갔다. 동작 하나 못한 것을 가지고 내가 미숙한 수련자라고 생각했던 것처럼, 어떤 일에 성과가 완전하지 않으면 스스로를 실패자로 여겼다. 특정 동작을 평생 못할 거라고 속상해했던 것처럼, 삶에서의 실패도 영원히 되풀이될 거라고 여겼다. 요가원에서나, 일상에서나 내가 잘해온 일들은 별거 아니라며 부정했다. 어쩌면 내가 다시 핸드스탠드 수업을 들으러 간 것은 자세에 대한 도전이라기보단 이런 내 모습을 한 번쯤은 바꿔보고 싶어서 였을지도 모른다. "내일 보자"라는 그 인사가 "너는 어떤 사람이야?"라고 내 삶에 질문한 것처럼 느껴졌으니까.

나는 더 이상 어려운 수업을 피하지 않는다. 그날을 계기로 동작의 완성보다는 내 앞에 놓인 난제를 온몸으로 맞서는 것이 더 중요하다는 사실을 깨달았기 때문이다. 얼마나 완벽하게 사느냐가 아니라 끝없이 넘어져도 하나씩 배워 나가는 게 진짜 인생이라는 것도 말이다. 이제는 자책할 필요 없이 '언젠가 되겠지. 남들과 비교할 필요 없지.'라고 나를 이해하는 너그러움이 생겨 기쁘다. 그렇다고 내가 환골탈태했다는 이야기는 아니다. 아마도 내가 주저하고, 도망치고 싶어 하는 성향의 사람이라는 사실은 평생 변하지 않을지도 모른다. 하지만 이제는 달아나고 싶을 때마다 얼른 알아차리고 "다시 돌아와! 못해도 괜찮아! 숨 쉬어!"라고 말할 수 있게 되었다. 그렇게 두려움을 딛고 삶이라는 매트 위에서 깊게 한숨 내쉬었을 때, 조금 더 단단한 사람이 된다는 것을 오늘도 알아가고 있다. 똑같은 결과일지라도 이 작은 알아차림으로 인한 마음 변화는 아주 컸다. 매트 위에서 용기를 낸 것처럼 삶 속에서도 핸드스탠드를 끊임없이 연습해보리라. 그래서 나는 오늘도 요가를 한다.

거친 파도 속에서도 평온히 숨 쉴 수 있기를 바라며.

다이어트 말고
그냥 요가

몸은 몸의 기능을
하는 데에 쓴다

CCCC

"요가하면 진짜 살 빠져요?" 내가 요가 강사라고 말하면 다이어트에 관심 있는 사람들은 대부분 이렇게 묻는다. "요가 강사들은 다 말랐던데 요가만 해도 그렇게 되나 봐요."라면서 말이다. 언제부터 '요가=다이어트'라는 선입견이 생겼는지는 모르지만, 주변 동료 요가 강사들만 봐도 대부분 마른 몸을 가지고 있는 것은 사실이니 '요가'라는 단어에 '살빼기'라는 꼬리표가 붙는 일이 완벽한 오해는 아닐지 모른다.

"아뇨. 안 빠져요. 체중 감량이 목적이라면 차라리 적게 먹고 달리기를 하세요." 하지만 비슷한 질문을 들을 때마다 나는 단호하게 대답한다. "도움이 전혀 안 돼요?" 당황한 목소리로 질문자가 되물을 때면, 그제야 내가 경험한 요가의 다이어트 효과에 대해 차분히 설명을 시작한다. "저도 살을 빼기 위해 요가를 시작했어요. 그런데 요가만 한다고 단번에 살이 빠지는 것은 아니더라고요. 꾸준히 반복하다 보면 어느 정도 살 빼는 데 '도움'이 된다는 게 맞는 표현 같아요."라고. '요가만 하면 여름에 비키니도 입을 수 있고, 살이 최소 몇 킬로그램은 빠집니다'라는 대답을 바랐던 사람들은 이쯤에서 약간씩 실망하는 눈치를 보인다. 사실 요가를 통해 다이어트에 성공한 사례는 주변에 수없이 많다. 그런데도 굳이 강조하고 싶지 않은 이유는 나 역시 그런 기대감을 갖고 처음 요가를 시작했었고, 다이어트라는 목적에만 집착하게 되면서 요가에서 얻을 수 있는 정말 좋은 점들을 보지 못했던 과거가 있기 때문이다.

　직장을 다니면서 처음 요가원에 등록할 당시 내가 원하는 몸은 뱃살도 팔뚝살도 없는 극하게 마른 몸이었다. 민소매티를 입으면 사람들이 내 얇은 팔을 부러워했으면 했고, 아동복처럼 작은 사이즈의 크롭 티셔츠를 입는 일에 자부심을 가졌으니 말이다. 아마도 빼빼 마른 몸에 대한 자기만족이 자존감으로 이어진다고 생각했던 것 같다. 그리고 요가는 살을 빼고 싶다는 희망을 충족시켜 줄 것 같은 운동이었다. 그도 그럴 것이 여름만 되면 모든 요가원의 홍

보문구는 '비키니 요가'니 '다이어트 요가'니 하면서 지방을 불태워줄 것 같은 수식어가 꼭 포함되어 있었다. 내가 그런 곳만 찾아다닌 건지, 당시 전반적인 풍토가 그랬던 것인지는 명확하지 않지만, 어쨌든 수업을 들을 때에도 선생님이 "이렇게 하면 옆구리살이 빠지고, 저렇게 하면 뱃살이 쏙 들어간다"라며 수업을 이어간 건 사실이었다. '엉밑살' '러브핸들' 같은 단어들로 내 몸 구석구석에 이름을 붙였고, 그걸 없애야 하는 것도 그때엔 당연하게 여겼다. 그래서 어떤 요가를 하든 체지방이 쏙 빠지는 느낌이 들어야 만족했고, 그것마저 성에 안 차면 요가 수업을 마치고 달리기를 하러 밖으로 나가기까지 했다.

그렇게 시작된 내 요가 다이어트는 핫요가를 시작하며 정점을 찍었다. 핫요가는 38도 기온의 뜨거운 환경을 갖춘 스튜디오에서 유산소 운동 효과를 내는 수련법인데, 노폐물과 독소를 빼주는 데 효과적이라며 당시에 한창 유행했다. 같이 수업을 듣던 요가원 회원들이 핫요가를 들어야 살이 빠진다고 추천하길래, 불가마처럼 뜨거운 수련실에 휩쓸리듯 들어가 나도 함께 땀을 빼기 시작했다. 현기증이 날 정도로 더위를 느낄 때에는 무척 괴로웠지만, 멋진 몸매를 가진 선생님과 내 옆의 회원들을 보면서 이 정도는 해야만 내가 원하는 몸매도 만들 수 있을 거라 믿으며 버텼다. 그런데 억지로 땀을 빼려고 애쓰다 보니 원래도 체수분이 부족한 내 몸은 수업만 마치고 나오면 기력을 잃었다. 열을 내며 운동하는 것이 잘 맞는 사람이 있는 반면, 너무 격하게 체온을 높이면 안 되는 체질도 있는 것인데 그땐 전혀 몰랐던 것이다. 현기증을 없애보려고 집에 돌아가는 길에 빵이며 주스며 살찌는 음식들을 보상하듯 먹기도 했으니 몸무게가 빠질 리도 없었다. 결국 한 달도 안 되어서 요가로 체중 감량을 꿈꾸었던 계획은 완전히 실패하고 말았다.

그 이후로 너무 무리하게 살을 빼려고 요가를 하면 안 되겠다고 마음을 먹었다. 하지만 한 번 자리 잡은 습관은 참 무서운 것이어서 어떤 수련을 하든지 간에 러브핸들과 엉밑살에만 집중하게 되는 부작용이 나를 방해하기 시작했다. 그럴 필요가 전혀 없는 수업에서조차 거울을 보며 구석구석 붙어있는 군살을 찾는 데에만 집중하고 있었다. 또 수련하는 내내 호흡이나 에너지를 관찰하기보단 "여기서 무릎을 더 구부리고 앉아야 허벅지 살이 사라질 텐데…" "이 상태에서 좀 더 버텨야 뱃살이 빠지겠지?" 같은 생각에 빠져 있는 것도 발견했다. 동작이 조금이라도 흐트러지거나 중간에 먼저 자세에서 빠져나오기라도 하는 날에는 '이러니까 몸무게가 그대로인 거야!'하며 자책까지 했다. 나중엔 너무 스트레스를 받아 거울이 안 보이게 맨 뒷줄에 앉아 내 모습을 숨겼다. 그래놓고도 앞사람 몸매를 보며 내 몸과 또 비교했다.

다행스럽게도, 이 불행이 종결될 수 있었던 건 인도에 가서 요가를 배우면서부터다. 인도에는 세계적으로 유명한 요가 선생님들의 스튜디오가 여럿 있는데, 그중 어딜 가도 거울은 찾아보기 어려웠다. 어느 날은 수련을 마치고 "한국에서 항상 거울을 봤고, 그것에 익숙해져 거울 없이 정렬을 맞추는 것이 힘든데 어떻게 하면 좋을까요?"하고 선생님에게 물었다. 선생님은 그런 내가 너무나 특이하다는 듯 "몸을 보는데 거울이 왜 필요하니? 외적인 것에 휘둘려 너를 빼앗기지 마. 언제까지 그런 것에 맞춰 네 몸을 쓸 수는 없잖아. 네가 네 몸의 거울인 거야."라고 말했다.

이 말을 해준 선생님은 리시케시를 대표하는 요가 스승 중 한 사람인데, 이런 가르침 덕분인지 거울이 없는 선생님의 오래된 스튜디오에는 전 세계에서 오는 학생들로 항상 가득 찼다. 요가원 안의 사람들은 다른 사람이 잘하든 못하든, 배가 나왔든 말랐든 그 누구도 신경 쓰지 않고 자기에게 집중하며 수련하고 있었다. 옆 사람이 움직이는 모습을 힐끔 거리며 관찰하고, 몸매 좋은 사람이 보이면 또 비교하기를 반복하는 것은 오직 나뿐이었다. 그걸 알았을 때, 이렇게 멀리까지 공부를 하러 와서 내게 주어진 기회를 타인을 보는 데에 쏟고 있는 나를 반성했다. 그때부터는 선생님이 말해준

답을 곱씹으며 뭐가 됐든 '내 안의 거울'을 보려고 노력했다.

　　내면의 거울을 일깨우게 된 또 한 번의 사건은 마찬가지로 거울이 없는 또 다른 요가 스튜디오에서 일어났다. 선생님은 오십 명은 족히 모여있는 수련장에서 복부를 수축하는 호흡을 시키면서 갑자기 상의를 들추고 숨을 쉬어 보라고 지시했다. 옆에는 생면부지의 사람들이 나란히 앉아있었고, 특히나 과식을 하고 난 뒤인지라 나는 내 완벽하지 않은 배를 누군가에게 보여주고 싶은 맘이 전혀 없었는데 말이다. 분위기상 어쩔 수 없이 아주 살짝 요가복을 젖히고는 일말의 수치심을 갖고 배꼽을 꿀렁꿀렁 움직였다. 바로 그때 선생님이 한 말은 이랬다.

　　"내 배는 누구에게 보여주기 위해 존재하는 것이 아닙니다. 오로지 나의 에너지를 저장하고 발산하는 곳으로 대우해 주세요. 배의 모양과 상관없이 얼마나 힘 있는 곳인지를 지금 느끼세요."

　　선생님의 말은 나에게 신선한 충격으로 다가왔다. 그리고 그 말을 들은 뒤로는 모든 상황이 다르게 보이기 시작했다. 앞에서 시범을 보이던 선생님의 두툼했던 뱃살은 에너지의 보고로 느껴졌고, 주변에서 모든 사람들이 배꼽을 앞뒤로 끌어당기는 모습은 그 두께와 상관없이 하나하나 위대해 보였다. 누군가에게 보여줄 완벽한 복근을 갖추고 나서야 크롭티를 입을 수 있다고 생각했던 나는 그날 이후 복부가 훤히 드러나는 브라탑을 아무 때나 입는 용기를 갖게 됐다. 언제든 깊은 숨을 쉬며 배꼽이 꿀렁꿀렁 하는 모습을 보고 있자면 '배가 배로서 제 기능을 잘하고 있구나' 하는 맘이 들었기 때문이다.

나는 더 이상 몸의 특정 부위를 보며 만족을 찾지 않는다. 허리를 드러내야 더 매력적으로 보일 거라든가, 몸의 어느 부분이 가장 섹시해 보일지 거울로 살핀다든가 하는 일에서 벗어나게 되었다. 그리고 그런 것들로 누가 칭찬을 해도 특별히 고맙지 않다. 그 칭찬이 무의식중에 스스로를 평가하게 만들 것이기 때문이다. 우월한 몸매를 가진 사람들을 보면 당연히 부러움을 느끼기도 하지만, 더 이상 연연하지 않을 수 있는 이유는 내 몸이 몸으로서 기능하는 매 순간을 느끼며 수련하는 즐거움을 알기 때문이다. 나는 그저 복부가 잘 부풀고 잘 가라앉아 숨이 원활히 쉬어지는 것이 기쁘다. 다리가 곧게 펴지고 또 구부려져서 만족스럽다. 손과 팔뚝으로 몸의 무게를 지탱할만한 힘을 가지게 되어 행복하다. 내 몸은 누구에게 보여주기 위한 것이 아니며, 몸을 자유자재로 쓸 수 있음에 감사하는 마음으로 요가를 할 뿐이다.

살아있다,
숨을 쉰다.

몸과 마음을 돌보는
호흡 명상

CCCC

프레드릭 르봐이예는 《폭력없는 탄생》에서 숨의 자유로움에 따라 당신의 삶이 바뀐다고 말했다. 그렇다면 지금 우리의 숨은 자유로운가? 살아있다면 숨은 누구나 쉬는 것이니 망설임 없이 "그렇다"라고 답할 수도 있겠다. 무의식적으로 쉬어지기에 일일이 알아차릴 필요가 없고, 처해진 환경에 따라 숨의 길이와 횟수도 자율적으로 조절할 수 있도록 우리 몸은 만들어졌으니까. 그런데 누구나 숨을 쉰다고 해서 모두가 안정적으로 쉬는 것은 아니다. 화나면 씩씩대고, 속상하면 한숨을 푹 쉬는 것처럼 동요하는 마음은 평소와는 다른 호흡 패턴을 만들어 내기 마련이다. 심하게 울 때 숨이 잘 안 쉬어져서 복장을 치거나 몸을 들썩거리는 사람들을 본 적이 있을 것이다. 그런 친구가 있다면 "심호흡하고, 진정해."라고 말해주며 호흡을 조절하게 해야 한다는 사실을 우리는 이미 알고 있다.

신체의 변화가 있을 때도 마찬가지다. 감기에 걸려 코가 막히면 으레 쉬던 숨이 답답할 정도로 잘 안 쉬어진다. 또 큰 병에 걸려 몸이 너무 심하게 아파도 앓는 소리가 나오며 숨이 가늘어진다. 당연한 얘기지만 죽음에 다다를 때면 몸도 숨도 잇따라 약해지다 이내 꺼진다. 이 모든 것들이 몸과 마음의 상태가 호흡을 만든다는 증거인 셈이다. 물론 숨의 패턴이 불규칙하다가도 몸과 마음이 진정되면 특별한 연습 없이도 원래의 호흡으로 돌아올 수 있다. 하지만 힘든 상황에 수시로 노출되어서 불안정한 숨이 습관처럼 고착화돼 버리면 문제가 발생한다.

한 번은 요가 수업을 마친 뒤에 한 회원이 질문을 한 적이 있었다. "선생님, 요가하고 나니까 머리가 아프고 너무 어지러운데요." 하고. 그 회원은 3년 전쯤 내가 있던 요가원에 처음 왔는데, 마침 동작을 할 때마다 숨을 자꾸 격하게 쉬기에 수업이 끝나고 따로 알려드려야겠다고 마음먹었던 차였다. "동작하면서 숨 쉬는 게 쉽지는 않죠? 오늘 급하게 호흡한 거 알고 계셨어요?"라는 질문에 아니나 다를까 깜짝 놀라며 "전혀 몰랐다"라는 답이 돌아왔다. 그렇게

60분 동안 숨 쉴 틈 없이 긴장했으니 제대로 산소를 공급받지 못한 신체가 어지러움을 느낀 건 당연했다.

심지어 수업의 마무리 격인 '사바사나(송장처럼 누워 호흡을 진정시키고 몸을 이완하는 자세)'를 할 때에도 그 회원은 편안히 눈을 감지 못했었다. "동작을 열심히 따라 하시는 것도 좋지만, 항상 숨이 잘 쉬어지는 곳에 계셔야 해요. 그게 더 중요합니다." 답변을 해드리고 나서 몇 가지 더 물어보았더니 본인은 평소에도 스트레스를 많이 받아서 잠을 푹 잔 기억이 10년 전 이후로 없다고 했다. 원인 모를 만성 두통, 근육통, 역류성 식도염까지 앓고 있다면서 말이다. 실상 요가를 할 때뿐만 아니라 평소에도 호흡이 급하고 짧았으니, 그로 인한 여러 문제들이 나타나고 있음을 어렴풋이 짐작할 수 있는 부분이었다.

간단한 호흡법을 알려드리면서 일단은 호흡을 방해하는 몸과 마음의 긴장부터 요가로 잘 풀어내자고 약속했다. 다년간 쌓인 긴장을 다시 돌려놓는 데까지 그 회원은 정말 많은 노력을 해야 했다. 꼭 이 회원만의 특수한 일은 아니고, 요가를 할 때 동작이 힘들거나 마음이 긴장해서 호흡이 들쑥날쑥해지는 건 흔한 일이다. 수업 도중에 쓰러지거나 헛구역질을 하는 분들도 있으니 말이다. 그런 경우 "숨 편안히 쉬세요"라고 말해주기 전까지는 본인의 호흡을 자각하지 못하는 것도 대부분 비슷하다. 그것이 앞서 말한 회원의 사연처럼 요가를 할 때뿐만 아니라 일상의 불편함과도 연결되어 있다. 매트 위에 올라선 몸과 마음은 결국 내가 여태껏 살아온 방식의 결과이며, 호흡은 그 결과물이 보내는 신호이기 때문이다. 그러니 평소 본인이 어떻게 숨을 쉬고 있는지 관찰하는 일은 스스로를 돌보는 일로서 매우 중요하다.

고백하자면 나 역시 숨을 제대로 쉬지 못해 고단했던 기억이 있다. 2014년쯤 다니고 있던 회사에서 부서 이동을 하면서 새로운 팀으로 가게 될 때의 일인데, 기존 팀과 운영되는 스타일이 너무 달라 적응하는 데 애를 먹었다. 그때부터 스트레스를 많이 받은 탓인지 가슴 주변이 찌릿하게 쑤셨다. 처음엔 일시적인 현상인 줄 알고 '몇 번 그러다 말겠지' 하고 넘겼는데, 나중에는 사무실에 앉아 일을 하다가도 수시로 가슴이 아파지면서 몸을 순간적으로 움츠리지 않으면 숨쉬기가 힘들어졌다.

설상가상 업무 스트레스는 전혀 해소되지 않고 더 쌓여만 갔으니 거의 매일 몸이 아프기 시작했다. 그때마다 제 몸을 보호하는 거북이처럼 몸을 둥그렇게 말아 머리를 수그리며 숨을 참고 버텼다. 그렇게 한참 있다 보면 가슴과 등을 제대로 펼 수 없는 정도로 굳어서 다시 숨을 들이마시기가 어려웠고, 가끔은 '숨을 어떻게 쉬는 거였더라?'하는 생각이 들 정도로 호흡이 곤란했다. 한 번 숨이 턱하고 막혀버리면, 머리가 띵하고 아파졌다. 귀에서는 '둥둥둥' 북소리 같은 이명이 들리면서 관자놀이가 조여왔고, 목덜미는 저릿했다. 심해질 때는 사방에서 느껴지는 압력에 눈조차 뜰 수 없어서 슬픈 게 아닌데도 눈물이 펑펑 터져 나오기도 했다. 그러면 업무도 중단한 채 눈물이 그치는 시점까지 책상에 납작 엎드려 무작정 기다리거나, 화장실로 후다닥 뛰어가 "으악!"하고 소리를 질러야 숨을 다시 쉴 수 있었다.

아마 밖에서 누가 이 소리를 들었다면, 회사에 정신이 온전치 못한 직원이 있는 줄 알았을 수도 있다. 나로서도 그것 말고는 방도가 없는 탓에 숨통을 틔우러 화장실로 달려갈 때마다 진이 빠지고 눈치가 보였다. 가끔 그럴 기력조차 없는 날엔 혼자 가슴을 부여잡고 숨을 헉헉거리면서 '이러다 내가 죽는 건 아닐까' 생각하기도 했다. 다른 회사에 다니는 친구에게 내 증세에 대해 말했더니, 자기는 회사 옥상에 올라가 욕하면서 소리를 지른다며 나 정도면 점잖은 편이라고 했다. 그러면서 자신이 상사 때문에 열 받을 때마다 절에서 스님이 알려준 호흡을 하고 있다며 알려줬다. 설명을 들어보니 예전에 다니던 요가원에서 배운 적이 있던 교호호흡이었다. 그런데 교호호흡은 양쪽 콧구멍을 번갈아 사용하며 숨 쉬는 호흡법이라서, 누워서 숨쉬기도 잘 못하는 당시의 나에게는 너무 어렵고 복잡했다. 대신 그때 요가 선생님이 들숨과 날숨을 계속 관찰하는 호흡 명상을 알려준 것도 기억나서 이참에 연습해 보기로 마음을 먹었다.

선생님은 "명상은 차분한 상태로 어떤 생각도 하지 않는 것, 호흡명상은 호흡을 주제로 하는 모든 명상을 통칭"한다고 말했는데, 정리해보자면 호흡명상이란 숨 쉬는 것만 지그시 보는 일, 숨을 관찰하는 일 정도로 정의할 수 있었다. 당시 요가원에서 배울 때는 저게 뭐 어렵나 싶어서 우습게 보았는데 숨이 잘 쉬어지지도 않는 지금에는 이마저도 잘 안되니 기가 막혔다. 마치 지구에 정착하려면 어떻게 숨을 쉬면 될까 연구하는 외계인이라도 된 듯한 기분이 들었다. 그래도 포기하지 않고 코끝을 스치며 숨이 드나드는 과정에 집중하던 기억을 천천히 되살려 보았다. 오래 몰두할 수 없어 3분 정도 했던 것 같다. 그런데 신기하게도 시간이 지날수록 마음이 차분해지면서 숨이 스르르 쉬어졌다. 그때부터 한 번, 두 번…, 열 번, 스무 번. 숨통이 트일 때까지 의도적으로 마시고 내쉬면서 내 숨이 몸속 전체에 드나드는 것을 머릿속으로 그려봤다. 집중하다 보면 상상하는 대로 몸 구석구석 숨이 퍼지는 느낌이 들었다. 그렇게 몇 주간 집에서 매일 연습하자 점차 호흡이 깊어지는 게 느껴졌다. 사무실에서 가슴이 저려오는 횟수도 줄어들었다. 울거나 소리 지르지 않아도 숨이 쉬어졌다. 여전히 숨이 가쁠 때도 있었지만 회사 화장실에서 조용히 호흡명상을 하고 돌아오면 어쨌든 멈추지 않고 숨은 쉬어졌다. 그 사실만으로도 안정감이 생겼다.

어느 정도 일상이 회복되자 나는 회사에서 숨을 못 쉰 직접적인 이유에 대해서도 돌아봤다. 업무에 적응하느라 힘든 것도 있었지만, 실은 나를 은근히 괴롭히는 직장 상사의 부조리한 말을 웃으면서 듣고 있을 때마다 속으로는 스트레스를 받고 있었다. 화가 나는데도 일일이 화나지 않은 척하느라 가슴이 찌릿 목덜미도 찌릿하면서 몸이 굽고 숨이 안 쉬어지는 상황이 매번 일어났던 것이다. 그걸 알면서도 사소한 일에 열받아하면 속 좁은 사람처럼 보일까 봐 현명하게 대처하지 못하고 참고만 있었다.

그러던 어느 날 상사가 또 실없는 소리를 했고, 한동안 귀에서 들리지 않던 북소리가 '둥둥둥' 다시 울렸다. 잠시 그대로 눈을 감고 귓가의 북소리와 씩씩대는 나의 호흡소리를 들었다. 숨을 들여다보고 있자니 나는 분명 화가 난 상태였다. '그래, 숨이 거칠구나. 내가 화가 났구나' 하고 화난 감정을 처음으로 인정했다. 늘 부정해왔지만 나를 위해서는 있는 그대로 받아들일 필요가 있었던 것이다. 눈을 뜨고 일부러 한숨 쉬듯 푹 숨을 가라앉혀 내보내며 상사에게 말했다. "아, 그 말 불쾌하네요."하고. 그러고는 호흡 명상을 하러 다시 화장실로 갔다. 평소 같았으면 화나지 않은 척하다가 더 열이 받았을 텐데 내 감정을 수용하자 열기가 한층 빨리 가라앉는 게 느껴졌다. 오히려 화를 참고 눌렀을 때보다 더 신속하게 감정이 해소되는 느낌이었다. 자리로 돌아오니 메신저에 쪽지가 남겨져 있었다. "스런 씨, 불쾌했구나. 미안해요." 다행히 그날 이후로는 똑같은 문제가 일어나지 않았다.

호흡 명상은 그 뒤로도 감정의 소용돌이에 휘말릴 때마다 언제든 유용하게 쓰였다. 언제라고 콕 집어 말할 것도 없이 나는 직장을 다니면서도, 회사를 그만두고 나서도, 요가 강사가 된 뒤로도 늘 생각이 너무 많은 사람이었다. 특히 청승맞게 과거의 생각이 꼬리에 꼬리를 무는 날에는 "몰라, 우울해"하며 이불 덮고 엉엉 우는 게 버릇이었다. 어느 날도 마찬가지로 마음이 복잡해 다 팽개치고 우울의 늪에 빠지고 싶었는데, 그날따라 왠지 화날 때 호흡명상을 하듯 슬픔을 꾹 참고 명상을 해보고 싶어졌다. 그래서 그대로 자리에 앉아 벽에 기대어 고요히 눈을 감았다. 숨이 드나드는 것을 느끼며 시간을 보내기를 10분… 20분… 끝내 30분 정도 지났던 것 같다.

중간중간 그만둘까 고민도 하고, 떨쳐내려는 생각에만 더 집중

되는 것 같아 괴롭기도 했는데 어느 순간 나를 짓누르고 있던 잡념들을 손수 놓아 버리게 되는 순간이 탁! 하고 찾아왔다. 티베트의 위대한 명상 스승 욘게이 밍규르 린포체가 "우리 마음에 생각과 감정이 들어오지 못하게 하는 것은 불가능하다." "그러나 따라다니지 않는 것은 가능하다."라고 말한 것처럼 말이다. 그렇게 그날의 나는 생각을 좇아가지 않았고, 과거는 흘려보냈고, 어느새 몸 구석구석 다시금 좋은 기운을 채울 수 있었다. 말없이 앉아 들숨 날숨의 길이, 숨의 속도, 숨을 쉬며 떠오르는 심경을 알아차린 것뿐인데 그게 가능했다. 놀라운 일이었다. 그렇다고 해서 걱정 많은 성격이 180도 바뀐 것은 아니지만, 마음이 싱숭생숭해질 때마다 바로 엉덩이를 붙이고 앉아 명상을 하게 된 사실은 내 삶의 큰 변화라고 할 수 있다.

가만히 숨쉬기 명상을 하는 것보다 쇼핑을 하고, 맛있는 음식을 먹고, 땀을 흘려 운동하며 기분을 나아지게 하는 일이 더 즐거울지도 모른다. 하지만 시간과 공간의 제약으로 당장 그럴 수 없는 환경에서 나에게는 호흡이 최선이었다. 사무실에서 갑자기 열받는 일이 생기고, 달리는 버스 안에서 우울해 눈물이 터져 나올 때 나를 달래준 건, 멋진 옷도 맛있는 음식도 아닌 오직 호흡이었기 때문이다. 그러니 숨을 활용할 수 있단 건 아프든, 바쁘든, 집에 누워있든, 사무실에 앉아있든 나를 붙잡을 수 있는 든든한 힘이 생긴다는 의미와도 같았다. 그렇게 호흡명상은 자연스레 내 인생의 믿음직한 지원군이 됐다.

호흡 명상은 마음이 시시각각 변할 때마다 해도 좋고, 아침에 일어나서, 잠들기 전마다, 요가 수련 전후로 관찰하며 습관처럼 행해도 좋다. 별다른 것 없이 눈을 감고 짧게는 3분, 길게는 30분 동안 내가 숨을 쉬는 것을 그저 관찰하기. 그거면 된다. 여러 가지 방식이 있겠지만, 이것이 내가 일상에서 가장 쉽게 취하는 호흡 명상 방법이다. 초보자들은 처음부터 길게 하기는 어렵기 때문에 시간을 짧게 해서 점진적으로 늘리는 게 좋다. 또한 명상을 오래 하기 위해서는 궁극적으로 체력이 필요하다. 때문에 앉아있는 것 자체가 힘드신 분들은 호흡은 짧게만 연습하고, 몸을 건강하게 하는 아사나 수련을 먼저 하기를 추천한다.

특히 이렇게 매일 연습한다고 해서 마음속 근심이 모두 해결되거나, 바라던 일이 잘 풀리는 것은 아니다. 명상은 문제를 해결해주는 도구가 아니라 그 고민과 불편함을 가지고도 살아갈 수 있는 마음의 힘을 길러주는 역할을 하는 것이기 때문이다. 나 역시 명상 생활에 대해 이야기하다 보면 남들에게 "행복하고 건강한 삶을 사는 것 같아 부럽다"라는 얘기를 듣기도 하지만, 사실 남들이 예상하는 것처럼 매일 행복하지는 않다. 그저 숨으로 용기를 얻고 호흡으로 생각을 비우며 하루하루를 살아갈 뿐이다. 내가 살아 있고, 숨을 쉰다는 것. 그게 중요하다.

살아있다,
움직인다.

움직이며
명상하기

◯◯◯◯

내가 즐겨 보던 유튜브 동영상 중 하나는 1993년 촬영된 1시간 18분짜리 요가 동작 영상이다. 아쉬탕가 빈야사 요가를 하는 여섯 수련자들의 모습을 담고 있는 이 영상은 업로드 이후 650만 회나 재생됐을 정도로 유명한 요가 비디오다(2021. 3. 기준). 직장을 그만둔 뒤로 요가 수련과 명상에 한창 재미가 들리면서 아쉬탕가 빈야사 요가가 인기라는 이야기를 듣고 처음 이 영상을 찾아봤었다. 이 유명한 요가가 무엇을 전하려고 하는지, 어떤 메시지를 담고 있는지 무척 궁금했기 때문이다.

"아니 이게 다라고? 별거 없네?" 78분 동안 영상을 보고 난 뒤의 감상은 그러했다. 세계적인 인지도를 가진 요가라는 평가에 비해 그다지 특별한 게 없었던 까닭이었다. 물론 내 몸으로는 절대할 수 없을 것 같은 고난도 동작들이 나올 때에는 깜짝 놀라긴 했다. 그런데 그 긴 시간 동안 영상 속 선생님이 하는 말이라고는 "마셔라Inhale" "내쉬어라Exhale" "숨 쉬어라Breath" "서두르지 마Dont' hurry" 동작을 유지할 때 1, 2, 3, 4, 5 카운트를 해주는 것이 전부였다. 강한 인상을 줄만한 설명이라든가, 철학적인 메시지 역시 없었다.

물론 직접 해보지도 않고 하나의 요가를 파악한다는 건 말도 안 되는 일이었다. 또 이 비디오의 촬영 목적도 요가에 대해 해설하거나, 수련을 돕기 위한 목적이 아니기 때문에 내가 이해한 수준은 수박 겉핥기에 불과하긴 했다. 어쨌든 영상 하나만 달랑 본 내 입장에서 기억 남는 것이라고는 앞에 서서 구령을 하는 선생님의 수영복 같기도 하고 배바지 같기도 한 파란 팬티 한 장과, 매트 위에서 로봇 같은 표정으로 기괴한 동작을 이어나가는 여섯 요기들의 모습뿐이었다. '호흡을 무척 강조하는, 로봇 같은 사람들이 하는 요가.' 그게 아쉬탕가 빈야사 요가에 대한 첫인상이었다.

영상을 본 며칠 뒤, 아쉬탕가 빈야사 요가를 직접 수련하러 갔다. 쉽지 않아 보였지만, 다년간 취미로 요가를 하며 쌓은 경험도 있으니 못할 것도 없지 않나 싶었다. 비장한 마음으로 수련실에 들어갔더니, 단단한 몸을 가진 선생님은 별도의 몸풀기 없이 시작과 동시에 동작을 이끄는 구령을 붙이기 시작했다. 처음엔 눈치껏 따라 하면서 '해 볼 만하네' 속으로 생각했다. 그런데 불과 10분도 지나지 않아 나는 땀을 뻘뻘 쏟으며 깨달았다. 아쉬탕가 빈야사 요가는 호흡만 강조하는 별거 없는 요가가 아니라, 제대로 된 호흡 없이는 절대로 할 수 없는 요가라는 것을 말이다.

그도 그럴 것이 아쉬탕가 빈야사 요가의 정해진 시퀀스와 칼 같은 구령은 나를 기다려주지 않았다. 산스크리트어로 '흐르다'라는 뜻을 가진 빈야사의 의미처럼, 내가 멈춰있든 헉헉거리든 동작과 호흡은 계속 바뀌었고, 그에 맞춰 시간도 나를 스치듯 지나갔다. 이미 다 지난 동작을 붙잡고 있어도 소용이 없어서 얼른 흐름에 따라 자세를 바꾸어야 했으니 정신이 하나도 없었다. 그 와중에 숨을 마실 때 마시고, 내쉴 때 내쉬며 급하지 않게 숨 쉬는 그 단순한 일마저 왜 이렇게 어려운지 선생님이 메트로놈처럼 박자를 안내해주는데도 쉽지 않았다. 결국 강물처럼 쉼 없이 흐르는 구령 속에서 급류를 만난 것처럼 숨을 한 번도 제대로 쉬질 못했다. 억지로 숨을 마시려 무리하다 보니 나중에는 물에 빠진 사람처럼 "어푸 어푸~" 하며 숨을 쉬기도 했다.

호흡이 엉망이니 몸도 마음대로 되지 않았다. 힘이 달려 매트 위에서 점프를 해야 하는 순간에는 무릎까지 사용해 네 발로 기어 다녔고, 90분의 수업이 끝날 무렵엔 진심으로 힘들어서 토할 뻔했다. '이런 상황에서 인헤일 엑세일 구령에 맞춰서 칼같이 호흡도 하고 동작도 한다는 게 말이 되는 건가?' 의심스러웠다. 불현듯 '별거 없네'하고 스쳐 넘겼던 영상 속 로봇 같은 얼굴들이 떠올랐다. 숨이 평온하게 쉬어지지 않으면 그렇게 아무 일 없는 듯한 표정은 나올 수가 없단 사실을 그때 알았다. 아마 그 영상 속에 내가 있었다면 조회수가 더 높았을지도 모른다는 생각도 들었다. 내가 봐도 내 모습은 너무 웃겼으니까.

첫 수련의 충격을 계기로 이 수업에서 꼭 숨을 잘 쉬어보리란 오기가 생겼다. 몇 주를 꾸준히 수련하며 관찰해본 결과, 호흡이 안 되는 이유는 내가 숨을 급하게 쉬거나 참고 있기 때문이란 것을 알았다. 마시는 숨만 너무 길면 충분히 내쉴 틈이 없었고, 급하게 내 쉬다 보면 연이어 마실 공간이 몸에 만들어지지 않았다. 그러면 또 짧게 마시고, 그럼 다시 내쉬질 못하는 현상의 무한 반복이었다. 들숨과 날숨이 적절하게 균형을 이루어 리듬을 타듯 이어져야 하는데 한마디로 나는 몸 따로, 숨 따로 균형을 잃은 박치였던 거다. 모자란 박자 감각에 따라 숨소리가 격해지면 몸에는 불필요한 떨림이 생겼다. 그때부터는 시선도 같이 흔들리면서 머리가 핑핑 도는 기분이 들기도 했다. 더 힘든 건 다섯 카운트 동안 동작을 유지하는 구간에서 깊게 숨을 쉬는 일이었다. 자세를 안정적으로 만들기 위해 충분히 호흡해야 하는데 동작이 너무 어려워서 숨을 참고 버텨버렸다. 마치 바다에서 헤엄치다 갑자기 큰 파도라도 만난 것처럼 놀라서 몸도 굳고 숨도 안 쉬어진 것이다. 그럴 땐 얼른 알아차리고 다시 온전한 호흡을 되찾는 수밖에 방법이 없다는 걸 수련을 하면서 점차 터득했다. 영상 속에서 왜 이렇게 숨 쉬라는 얘기만 반복했는지 수련을 하면 할수록 알 것 같았다. 그래야 파도에 몸을 실을 여유도 생기는 것이었다. 수련자가 제때 숨 쉴 수 있게 호흡을 구령해 주는 일 역시 시시한 게 아니라 꼭 필요한 일이었다. 아마 선생님이 "마셔요, 내쉬어요~"하고 끊임없이 말해주지 않았다면 진작에 호흡곤란으로 쓰러졌을지도 모른다. 별거 없는 게 아니라 그게 제일 중요했다.

다행히 경험이 쌓이면서 급한 호흡에 휘둘려 동작이 조급해지는 순간이 오면 자각하고 조절할 수 있게 됐다. 갑작스레 요가를 잘하게 돼서 그런 게 아니라, 매번 똑같은 동작을 반복하다보니 어느 찰나 '이 동작이 이렇게 짧지 않았는데? 길지 않았는데?'하는 식으로 들숨 날숨의 길이를 맞추는 감이 오기 시작했다. 그럴 때마다 '천천히 쉬어야지' '한숨만 더 깊게 마시자' 하는 생각으로 자연스러운 숨으로 돌아가기 위해 노력했던 것이다. 또 그러다 보니 아주 가끔은 호흡과 동작이 리듬감 있게 조화를 이루어서 한 시간 반을 에너지 넘치게 수련하는 날도 생겼다. 이런 날은 호흡이 잘되니 동작도 잘되고, 동작이 잘되니 또 호흡이 잘되면서 상호작용을 했다. 내 안의 힘과 유연성이 백분 발휘되는 느낌이었고, 편안한 호흡으로 머릿속도 맑아져서 나의 숨소리만이 고요하게 나와 주변을 가득 채우는 기분이 들었다. 앉아서 명상을 할 때에도 이런 기분이 느껴지는 때가 있는데, 그런 날에 내가 느꼈던 충만한 에너지가 수련을 하면서도 동일하게 느껴졌다.

그러고 보니 부동자세로 호흡명상을 하며 들숨, 날숨을 보는 일이 아쉬탕가 빈야사 요가를 하면서 호흡을 계속 관찰하는 것과 근본적으로는 똑같다는 생각이 들었다. 움직이느냐 가부좌를 취하느냐 형식의 차이는 있었지만, 호흡이 짧은지, 긴지, 숨이 편안한지, 몸은 과하게 긴장하지 않았는지, 마음은 어떤지 보는 일은 다르지 않았기 때문이다. 많은 사람들이 빈야사 요가를 '움직이는 명상'이라고 부르며 열광하는 이유를 그제야 알 것 같았다. "마셔라" "내쉬어라" "숨 쉬어라" "서두르지 마라"라는 단순한 말이 삶에서 얼마나 중요한 의미를 가지고 있는지도 말이다.

움직이는 명상은 가만히 앉아 하는 명상이 힘든 사람에게 추천하고 싶다. 땀을 뻘뻘 흘리며 움직이는 수련이 쉽지 않은 것은 사실이지만, 따져보자면 똑같은 시간 동안 움직이지 않고 바른 자세로 호흡하고 명상하는 것은 생각보다 더 어렵다. 특히 몸이 굳어서 앉는 자세 자체가 괴롭거나 스트레스가 과중한 사람은 부동자세에서 1분도 집중하기 힘들 것이다. 나도 몹시 속상하고 마음이 아픈 어떤 날에는 자리에 가만히 앉지도 못할 정도로 마음이 부산해 호흡 명상을 할 수 없을 때가 있다. 그런 날엔 태세를 바꾸어 호흡과 함께 몸을 움직여 본다. 보통은 빈야사 수련을 하러 집을 나서지만, 요가원에 가기도 싫은 날에는 무작정 밖에서 발길 닿는 대로 걷기도 한다. 한 걸음 한 걸음 숨을 따라 천천히 발을 딛다 보면 불균형했던 몸과 호흡의 리듬이 서서히 조절되는 것이 느껴진다. 길 위에서든, 매트 위에서든, 방석 위에서든 상황에 맞춰 가만히 앉아 숨 쉬는 게 더 나은 날도 있고, 무작정 움직여야만 숨이 쉬어지는 날도 있는 것 같다. 호흡과 함께 나를 바라보는 일이라면 뭐든 써보자.

동영상 속 로봇 같은 얼굴들 뒤에는 얼마나 많은 파도가 스쳐 갔을까. 처음 영상을 볼 때만 해도 선생님이 무서운 건가, 아니면 폼을 재느라 저러나, 왜 한 명도 웃지를 않을까 의아한 점이 많았다. 이제는 따뜻한 분위기, 행복한 미소 속에만 평화가 있는 것은 아니란 사실을 안다. 파동에 일일이 대응하지 않고 유유히 헤엄치는 모습이야말로 현대인들에게 필요한 진정한 이너피스가 아닐까. 단출한 매트 위에서 땀을 폭포처럼 쏟아내면서도 덤덤한 표정을 잃지 않는 얼굴 속에서 다시금 평온함의 의미를 찾아본다. 감정의 파도에 휩쓸려 울상 짓기도, 숨 막힌 표정 짓기도 참 잘하는 나에게는 흔들림 없는 저 무뚝뚝한 표정이 절실하다.

2장

햇볕을 쬐었는가

오늘은
다른 길로 가자

무용한 산책의
유용함

((((

"스런 씨, 정말 요가밖에 모르는 바보네요. 열정을 본받아야겠어요."

스물아홉, 갓 요가강사가 된 나에게 동료 강사가 농담처럼 붙여준 별칭은 '요가 바보'였다. 함께 수련하는 사람들을 만나면 요가 얘기하느라 시간 가는 줄 모르고, 요가가 너무 좋아서 다른 일에는 관심도 없었던 나는 그 별명을 내심 좋아했다. 그런데 사실 내가 요가 바보가 된 다른 한편의 이유에는 '요가밖에 몰라야 한다'는 심리적인 압박감이 자리 잡고 있었다. 수년간 잘 다니던 회사를 그만두고 급작스레 진로를 바꾼 내가 요가의 세계에 잘 적응하기 위해서는 남들보다 몇 배는 더 열심히 해야 한다고 생각했기 때문이다. 하지만 그 부담감 탓인지 아무리 수업을 성실히 준비해도 내가 부족하다고 느낄 때는 너무 많았고, 결국 거기에서 오는 결핍이 나를 요가에만 몰두하는 '요가 바보'로 만들어 버렸다.

요가에서의 성장이라는 것은 실시간으로 눈앞에 보이거나 수치로 확인할 수 있는 부분이 아님에도 조급한 마음이 자주 들었다. 동작은 어째서 늘지 않는지, 수업을 할 때마다 왜 이렇게 긴장하는지 마음이 답답할 때마다 요가에만 에너지를 100퍼센트 쏟지 못한 탓이라고 여겼다. 그래서 요가에 몰입할 수 있는 조건을 만들기 위해 나를 더 엄격하게 돌보게 됐다. 고3 수험생이 밥 먹고 공부만 하는 것처럼 나도 수련을 하는 일 외에는 에너지를 쓰지 않으려고 한 것이다. 불필요한 외출을 삼간 건 물론이고 뭘 먹고 입을지 고민하는 힘도 쓰기 아까워서 매일 똑같은 음식을 먹고, 같은 옷을 여러 벌 사서 입으며 요가만 했다.

취미도 모조리 끊었다. 여행, 산책, 사진 찍기, 음악 듣기, 친구들 만나는 일에 이르기까지 말이다. 그러다 점점 평범한 일상까지도 쓸데없이 에너지를 빼는 일, 즉 '기 빨리는 일'이라고 정의 내려 기피하기 시작했다. 음악소리가 조금만 커져도 '으 시끄러, 기 빨려.' 하며 귀를 막았고, TV를 보다가도 '너무 오래 봐서 기 빨린다'

고 다급히 끄는 식이었다. 나중에는 출근길 시내버스를 타는 것도 기 빼앗기는 느낌이 들어 택시만 타고 다닐 정도로 예민했다. 스스로가 정도를 지나친 것을 알면서도, 마치 모기에게 피를 빨리듯 외부 자극에 에너지를 몽땅 빼앗기는 기분을 감당할 수 없어서 행동을 멈추지 못했다.

그러던 하루는 요가원 문이 사정상 늦게 열려 40분이나 밖에서 기다려야 하는 일이 생겼다. 어김없이 택시를 타고 일찍 도착한 나는 어쩔 수 없이 요가원 주변을 걸으며 시간을 때웠다. 천천히 걷기만 할 뿐인데도 요가가 아닌 다른 곳에 힘을 빼고 있다는 사실은 몹시 불안했다. 아니나 다를까 습관처럼 "아… 기 빨릴 것 같은데…."라는 말이 절로 나왔다. 그런데 길을 걸으며 처음 알게 된 사실은 주변에 내가 좋아할 만한 멋진 공원, 카페, 서점이 무척 많았다는 것이다. 그전까지는 택시만 타고 다니느라 근처에 이런 좋은 풍경이 있는 줄도 몰랐다.

덕분에 아주 오랜만에 경치 구경도 하고 마음에 드는 카페에 들어가 따뜻한 차 한 잔 마시는 여유도 부렸다. 너무 많이 움직여 기운을 뺀 건 아닌가 후회하기도 했지만, 걱정과 다르게 그날 요가원에서의 수업은 전에 없이 느긋하고 만족스러웠다. 분명 내 기준이라면 그 짧은 산책 역시 기 빨리는 일이 분명했는데 현실은 전혀 그렇지 않았던 거다. 그날의 경험 이후 나는 출근 전 30분 정도 매일 요가원 주변 산책을 하게 되었다. 일하는 데에 사용할 에너지를 다른 곳에 썼는데도 불구하고 긴장감이 해소되고, 일의 효율마저 높여준 산책의 힘이 도대체 무엇인지 궁금했기 때문이다.

택시도 타지 않고, 지름길이 아닌 먼 길을 돌고 돌아 걸으며 느낀 건 아직 가보지 않은 새로운 길을 걸을 때마다 마치 낯선 나라를 여행하는 기분이 들었다는 사실이다. 작은 간판, 피어있는 꽃 하나하나 신기한 구경거리가 되는 타국에서의 그 설레는 기분 말이다. 그때, 산책은 작은 여행과 같다는 생각이 들었다. 따져보면 여행 역시 자발적으로 내 돈과 시간, 에너지를 쓰는 '기 빨리는 일'인데 사람들은 여행을 하면서도 신이 나있고, 다녀와서도 즐거워하고, 몇 년 뒤에도 그 여행을 추억하며 행복해한다. 나도 회사를 다니며 휴가를 갔을 때마다 "내년에 또 오려면 돈 열심히 벌어야겠다"하며 동기를 얻고, 다녀와서는 기분 좋게 일했었다. 그러니 당장은 내가 이뤄야 하는 목표와 멀어지는 것처럼 보여도 여행은 에너지를 투자할 가치가 충분한 일이었다. 그런데 요즘의 나는 일 년 중 하루의 여행마저 허락하지 않았으니 갈수록 지쳐 갔던 것이다.

요가에 집중하는 삶은 순수히 나의 이득을 따져 내린 결정이었다. 목적 없는 산책과 요가수련 중에 무엇이 더 요가강사에게 기능적으로 이득인지를 따지면 당연히 후자일 테니까 말이다. 그런데도 왜 그것이 행복한 삶을 보장하지 않았을까? 실제로 요가에 집중하며 성장하기도 했지만, 나는 늘 쫓기는 듯 일했고 힘들고 피곤했다. 그와 동시에 마음의 여유도 함께 잃어가면서 단순히 체력이 달리는 날에도 기를 빼앗겼다고 편협하게 생각하는 진짜 바보가 되어 버렸다. 뇌과학자 정재승도 본인의 저서 《열두 발자국》에서 이런 현상을 언급한다. 지나친 결핍이 뇌에 미치는 부정적인 영향을 설명하고 미국 소방관들의 주된 사망 원인을 예로 든다. 화재 현장에서 일어난 사고뿐만 아니라 화재 현장으로 가는 길에 교통사고로 목숨을 잃는 경우가 많다는 통계를 증거로 삼았다. 불을 꺼야 한다는 생각에 온통 신경을 뺏긴 나머지 안전벨트를 매는 것 같은 사소한 일은 지나쳐 버린 까닭이었다. 요가원으로 가는 지름길을 달리며 나 역시 얼마나 많은 삶의 안전장치를 생략하고 살았을까 돌이켜 봤다. 내 마음에도 햇빛 가득한 살균 산책이 필요했다. 그때부터 매일 다른 길로 걷기 시작했다.

그로부터 몇 년간 끊임없이 걸어오면서 이제 나에게는 다섯 가지 산책 루틴이 생겼다. 그중에서도 내가 가장 즐기는 첫 번째 루틴은 짧은 시간 동안 평소 가지 않는 길을 이용해 출퇴근하는 일이다. 예를 들어 매일 지하철 2번 출구로 다니던 습관을 바꿔 6번으로 나가거나, 원래 내리던 정류장에서 한 정거장 미리 내려 낯선 길을 걸어보는 식이다. 아마 몇 년째 같은 동네에서 일하고 있다 하더라도 잘 다니지 않았던 골목에는 무엇이 있는지, 길 건너에 어떤 가게가 있는지까지 잘 아는 사람은 드물 것이다. 두리번거리며 낯선 풍경을 온몸으로 느끼다 보면 목적지만을 향하던 몸과 마음이 처음 만나는 신선한 자극으로 가득 참을 느낄 수 있다.

두 번째, 어떤 풍경이든 카메라를 들고 나서면 더 섬세하게 세상을 볼 수 있다. 복잡한 시장 한복판에서 시집을 읽는 야채가게 할머니, 커다란 대문 아래 얼굴만 쏙 내밀고 있는 강아지, 오래된 건물의 낡은 간판들. 카메라가 없다면 무심코 지나쳤을 잘고 잘은 모양새를 카메라에 담다 보면 별것 없었던 하루도 기억에 남는 특별한 날이 된다. 요즘에 나는 1시간 정도 걸리는 통근길의 환승역에서 공사 중인 현장을 매주 찍어두고 있다. 예전엔 이 장거리 출근길이 버겁고 피곤하기만 했는데, 요즘엔 마치 장기 프로젝트를 진행하는 사진작가가 된 기분으로 매주 최대한 같은 시간대에 셔터를 누르고 싶어서 활기차게 출근을 한다.

세 번째, 마음이 답답한 날 사용하는 방식이다. 잘 다니던 익숙한 길을 천천히 내 발걸음과 호흡에 의식을 두며 걸어보는 일종의 산책 명상을 하는 것이다. 그렇게 유유히 걷다가 좋아하는 나무가 있는 공원으로 가서 나무를 지긋이 안아주고 그 상태로 바짝 붙어서서 숨도 크게 쉬어 본다. 조용히 대화를 해봐도 좋다. 숨을 쉬고, 땅을 밟으며, 나무를 만질 수 있다는 것에 새삼스럽게 감사하다 보면 내가 하고 있던 고민과 걱정, 충동적으로 올라오는 감정들도 사실은 별게 아니라는 걸 알게 될 때가 많다.

네 번째, 때로는 단순히 관찰하며 산책을 한다. 볕이 잘 드는 놀이터에 광합성 하듯 멍하니 앉아있어 보는 것이다. 특별히 구경할 게 없어 보이는 공간 일지라도 매일 다른 계절, 온도, 햇빛, 바람, 새로운 풍경이 거기에 있다. 그 발견이 보통의 일상을 기쁘게 만든다. 운이 좋은 날에는 동네 강아지들과 견주들이 삼삼오오 모여 친목을 다지는 모습도 볼 수 있다. 나의 경우 길에서 본 것, 느낀 일을 주제로 창의적인 수업을 구상해보기도 한다(그레이하운드의 햄스트링을 보신 적이 있냐는 둥, 나무가 된 기분을 느껴본 적이 있냐는 둥…).

마지막 다섯 번째, 달에 한 번 정도 진짜 여행을 떠나 본다. 기차나 자동차를 타고 먼 거리의 여행을 가는 경우도 있지만, 때로는 지하철역에서 아무 곳이나 골라 내려서 그 동네를 탐색해보는 식으로 나만의 단거리 여행을 가기도 한다. 아무 역에나 내려 적당한 곳에서 식사도 해보고, 그 동네 사람들은 뭘 하고 뭘 먹고 사는지

구경도 해보고, 사람이 제일 많은 가게도 무작정 들어가 본다. 그렇게 우연히 찾은 카페, 식당, 서점에 들러보는 일은 정말로 사소하지만 먼 외국 여행에 온 것 같은 설렘을 느끼게 해준다.

　오늘도 나는 30분 일찍 집을 나서 멍하니 공원에 앉아 볕을 쬐었다. 빨갛고 노랗게 물든 가을 나무를 여러 장 필름 카메라로 찍었다. 그렇게 자연에서 얻은 여유와 기운을 가지고 수업을 하러 요가원으로 향한다. 이제 나의 매일은 무용한 일상과 집중하는 일의 균형 속에 있다. 아이러니하게도 요가를 하지 않는 순간이 생겨서 더 요가스러운 삶을 산다.

3장

잘 먹었는가

나는 체중을
재지 않는다

체중계 말고
일지 쓰기

CCCCC

나는 체중을 재지 않는다. 대신 수련하고 먹은 것을 매일 일지에 적는다. 식단을 평가할 의도가 없다는 점에서 다이어트 일기와는 다르다. 몇 칼로리를 먹었고, 체지방이 얼마나 줄었는지를 분석하려고 쓰는 것은 아니기 때문이다. 내가 일지에 담는 사항들은 구체적으로 뭘 먹었을 때 체력이 솟아났는지, 어떤 음식이 몸에 맞지 않았는지, 어제 얼마나 잠을 잘 잤고, 어떨 때 마음에 활력이 있는지 같은, 오롯이 나의 이야기에 귀를 기울이는 방식이다.

지금은 체중에 별로 관심이 없지만, 대학 시절부터 회사원이 되었을 때까지 나는 꽤 오랜 시간 동안 몸무게에 심각하게 연연하며 살았다. 한마디로 24시간 '다이어터'였던 것이다. 20대 초반 몸이 아파 한 달간 아무것도 먹지 못하다가 몸무게가 6킬로그램 이상 빠진 일이 계기가 됐다. 그전까지는 살이 찌지도 마르지도 않은 몸이었는데, 그때 이후 '몸매가 좋다' '인형 같다'는 말을 듣기 시작했다. 난생처음 들어보는 말들이 어색하다가, 나중엔 기분이 좋았고, 그 말이 칭찬처럼 느껴지자 계속 듣고 싶어졌다. 인생 첫 다이어트는 그런 욕망 속에서 시작되었다.

당시 내가 체중을 감량하는 방식은 단순 무지했다. 아무것도 먹지를 못해서 살이 빠졌으니, 계속 아무것도 안 먹고 빠진 몸무게를 유지해야겠다고 생각한 것이다. 아침에 일어나서 물 한 잔 마시지 않고 체중계 위에 섰고, 전날보다 체중이 늘었으면 아침을 먹지 않았다. 그런 다음 거울 앞으로 가서 벌거벗은 내 몸을 요리조리 검사했다. 쪼그려 앉아 뱃살이 접히는지를 점검하고, 빠지지 않는 팔뚝 살을 보면서는 도려내고 싶은 맘에 괜히 여러 번 꼬집었다. 빈속에 아메리카노를 한 잔 마시고 달리기를 하러 나갔다. 가끔 어지러웠다. 식사를 할 때는 모든 음식의 칼로리를 계산하고, 저울에 일일이 재면서 먹었다. 1그램이라도 초과하면 엄격하게 덜어냈다. 그러다 보니 언제부턴가 음식이 앞에 놓이면 향과 색감을 느끼기보다는 '바나나, 100그램, 89칼로리… 생각보다 열량이 높네. 딱 세 입만 먹어야지.' 이런 식으로 숫자만 보고 있었다. 인터넷에 어느 연예인이 먹고 체중 감량에 성공했다는 다이어트 식단이 소개되면, 그걸 따라 하려고 다음날에 바로 장을 봤다.

성공적으로 식단을 지킬 때는 살이 쑥쑥 잘 빠져서 인생 최고로 마른 몸을 가질 수 있었다. 하지만 부작용도 생겼다. 일단 사람을 만날 수가 없었다. 날씬해진 내 몸을 모두에게 보여주고 싶은 마음은 굴뚝같았는데도, 또 그 마른 몸을 계속 유지하기 위해서는 다이어트 생활을 지속하며 누구와도 식사 약속을 잡으면 안 됐다. 가끔 친구들을 만날 때면 "나는 물만 마실게"하며 배고픔을 참았다. 친구들이 "그러지 말고 한입만 먹어라"라고 했던 음식을 완강히 거부했다가 그 다음날 혼자 먹으러 가서 과식한 날도 있었다. 그렇게 되면 다이어트는 처음부터 다시 시작해야 했다. 운동 목적에 따라서 이런 일들이 필요한 절차일 수도 있다. 시간을 지켜 운동하고, 각종 체성분 수치를 재고, 먹을 수 있는 음식량과 종류를 제한해서 먹는 것들 말이다. 그런데 나에겐 완벽하게 독이 되었다. 당시 내가 했던 생각이라고는 '오늘도 칼로리를 초과해서 먹었네, 유산소를 30분 더 했어야 했는데… 나는 결국 마른 비만에 불과한가, 뭘 해도 근량은 늘지 않을 거야' 같은 신체에 대한 부정적 생각뿐이었다.

이 침울한 기운은 최악으로 치달아 음식을 거부하는 지경에 이른 적도 있었다. 먹거리는 불경하기 때문에 몸에 넣으면 안 된다고 판단하기 시작한 것이다. 어쩔 수 없이 음식을 먹은 날에는 화장실에 가서 몽땅 게워냈다. 설상가상 '아예 맘껏 먹고 토를 해버리자'는 위험한 행동을 한 적도 있다. 습관처럼 그러다 보니 목구멍이 아팠고, 나중엔 가만히 있어도 위산이 역류하는 듯했다. 인터넷에 식이장애 증상을 검색해보았더니 내가 하고 있는 짓이 폭식증이라는 걸 알았다. 결과적으로 가혹한 식단-힘든 운동-통제 실패-자책하기를 무한 반복했을 뿐, 몸과 정신은 피폐해지고 병까지 얻게 되었다. 뭔가 잘못됐다는 걸 그때 느꼈다.

이 상황을 어떻게든 바꾸고 싶었다. 당시에 매일 일기를 쓰고 있었는데, 사소한 내용들 사이에서 내가 먹은 것에 대한 부분이 쓰여 있어 우연히 들춰봤다. '닭 가슴살을 먹기 시작한 뒤에 변비에 걸린 것 같다'는 내용이 제일 먼저 눈에 들어왔다. '생리혈에서 악취가 나고 생리통이 심해졌다, 아침에 피곤해서 일어나지도 못했다'는 이야기도 있었다. 남들이 다이어트에 좋다고 해서 닭고기를 먹은 것인데 나에겐 맞지 않는 음식임을 추측할 수 있는 대목이었다. 요즘의 나는 채식을 하고 당시에도 고기를 별로 좋아하지 않았는데, 그저 살이 빠진단 이유로 취향과 체질을 구분하지 않고 먹고 있단 사실을 일기를 통해 발견한 것이다.

그날부터 매일 먹은 것을 간단히 기록해 일기에 적어 보기로 했다. 닭 가슴살에 대해 써둔 기록처럼 음식을 통해 몸을 알아가다 보면 다시 건강해지는 데에 도움이 될 거라고 판단했기 때문이다. 거기에 음식을 먹었을 때의 기분과 몸 컨디션도 같이 적었다. 대신 칼로리는 따지지 않기로 했다. 양은 과식하지 않을 정도로만, 배고프면 얼마든지 더 먹자는 규칙을 정했다. 그렇게 일주일간 작성하고 일기를 되짚어보았을 때, 내 체질과 궁합이 맞는 음식 몇 가지를 더 찾아낼 수 있었다. 예를 들면 닭 가슴살을 적게 먹는 것보다 칼로리가 더 많이 나가도 두부를 양껏 먹는 것이 나에게 더 맞다는 걸 알게 됐다. 그럴 때 몸도 가볍고, 배고픔도 덜했다.

먹는 시간도 일기에 적어서 함께 관찰했다. 당시 내가 따라 하던 식단은 음식량을 제한해서 하루에 여섯 끼를 나누어 먹는 방법이었다. 몇 주 동안 주시한 결과, 일기에는 '야금야금 조금씩 먹으니 배고프다'는 얘기밖에 없었다. 양이 너무 적어서 먹는 즐거움을 느낄 새도 없이 식사가 끝나버린 탓이었다. '식사 1시간 전부터 음식을 만들어 두고는 식사 시간이 되기만을 기다렸다'는 얘기도 쓰여 있었다. 이것을 근거로 앞으로는 여러 번 나눠먹기 대신, 하루 2~3끼를 부족하지 않게 먹기로 했다. 더불어 아침 시간 공복을 견디기 어려워했고, 그로 인한 보상심리가 점심 과식으로 이어지는 것도 일지를 통해 알 수 있었다. 그 이후로는 아침은 조금이라도 가볍게 먹었다. 점심은 운동 전에 간식처럼 간단히, 저녁은 이른 시간에 먹고 일찍 자버렸다. 몇 주 실천하자 점차 과식을 하지 않으면서도 만족스러운 식사를 할 수 있게 됐다.

지금 하고 있는 운동이 체질에 맞는지도 메모했다. 당시 나는 살만 뺄 수 있다면 뭐든 상관없다는 식으로 여러 운동을 하는 중이었다. 그중에는 달리기나 복싱처럼 순식간에 체력을 발산시키는 종목도 있었다. 그런데 그런 운동을 할 때면 운동 전후로 음식을 자제하지 않고 먹는다는 것 역시 기록을 통해 발견할 수 있었다. 예를 들면 달리기를 하러 가야 하는데 '힘이 안 나서 밀크셰이크를 먹고 달렸다'거나, '체육관에 있는 초코바를 다섯 개나 까먹었다'는 식이었다. 달릴 수 있는 양은 한계가 있는데, 그것보다 많은 양을 운동 전부터 먹어버리니 체지방을 줄이는 데에는 큰 도움이 되지 않는 것 같았다. 또 이런 방식을 고수하며 살까지 빼려면 지금보다 더 오랜 시간 운동을 해야 할 텐데 '운동선수가 될 것도 아닌데, 이게 과연 효율적인가?' 하는 생각을 했고 그만두었다.

반대로 요가를 다니기 시작했을 때의 일기는 조금 달랐다. 요가를 가기 전 공복을 유지하는 횟수가 많았고, 수련을 마치고도 크게 식욕이 일지 않는 점을 발견한 까닭에서다. 일단 요가를 하려면 조금만 먹어야 했다. 서있다가 머리를 아래쪽으로 해서 상체를 수그리는 기본자세(우타나사나)만 하더라도 많이 먹은 날에는 뱃속의 음식들이 거슬러 올라와 동작을 오래 유지할 수 없었기 때문이다. '수업 시간 내내 트림을 하고 배에 가스가 차서 동작을 할 수가 없었다'는 기록이 있던 날에는 오신채나 기름진 음식을 많이 먹었다는 것도 알았다. 또 고기를 많이 섭취한 날은 '땀에서 악취가 심하게 났다'는 얘기가 쓰여 있었다. 반대로 먹어도 탈이 없고 수련 때에 기운을 북돋는 식품들은 대부분 과일과 야채류의 가벼운 음식이었다. 이런 기록들을 통해 자연스럽게 내 몸 바탕에 맞는 식습관을 찾았고, 이를 유지하기 위해서라도 요가를 꾸준히 하는 것이 좋겠다는 결론을 냈다.

나는 지금도 매일 일지를 쓰고 있으며, 몇 킬로그램인지는 전혀 모르고 산다. 과거에는 생활의 모든 부분을 통제하면서 힘들게 살을 뺐다면, 지금은 자발적으로 건강한 음식을 챙겨 먹고, 운동을 하면서 체중을 조절한다는 점이 다르다. 극단적으로 다이어트를 할 때보다는 당연히 무게가 더 나갈 것이다. 하지만 더 이상 제한된 생활을 견디다 못해 폭식하고, 자책하고, 요요 현상을 겪으면서 고

무줄처럼 불어나는 몸무게에 놀라는 일은 없다. 그 때문에 지금의 몸에 훨씬 만족하고 자신감이 생겼다. 일지를 쓰면서 꼭 요가를 하라거나, 채식을 병행해야 한다는 말은 아니다. 중요한 건 본인에게 맞는 음식과 운동을 알고 그것에 맞춰 자신만의 건강한 다이어트를 계획하는 일이다. 처음엔 막연해 보일지라도 매 순간 본인의 몸과 생활습관을 기록하고 살피다 보면, 분명 얼마나 먹고, 어떤 것을 먹을 때 내 기분이 좋고, 몸이 가볍고, 잘 자고, 잘 일어났는지 알 수 있다. 이렇게 일지를 기반으로 본인에게 맞는 생활을 하고, 맞지 않는 음식만 피해도 체중계 앞에서 괴로워할 이유가 없어진다.

커피
한 잔

한 잔의 소중함을
알기까지

CCCCC

　순전히 카페인의 힘으로 살아가던 시절이 있었다. 새벽에 출근해 밤이 되어서야 퇴근하는 직장에 다니면서 나는 하루 평균 커피 일곱 잔을 마셨다. 업무를 소화할만한 강한 체력과 집중력을 길렀다면 참 좋았겠지만, 운동할 여유도 잠잘 시간도 부족했기에 어쩔 수 없이 카페인의 효용을 빌려 하루하루를 버텼다. 처음부터 '커피 중독자'였던 건 아니었다. 회사 건물 1층에 카페가 있었는데 처음에는 그곳에서 나는 향기에 이끌렸다. 지친 몸을 다독이며 출근할 때, 커피 향을 맡으면 어쩐지 기분이 나아지곤 했던 것이다. 그렇게 출근길을 함께하는 아메리카노 한 잔을 시작으로 사 먹는 잔 수가 해마다 늘었다. 아침 출근길에는 정신을 차려야 하니 한 잔, 점심에는 입가심으로 또 한 잔, 나른한 오후에는 잠을 쫓기 위해 서너 잔, 야근할 때 마무리로 또 한 잔을 마셨다. 사무실 책상 위에는 먹고 남은 커피 컵이 여기저기 늘어져 있는 것이 일상이었고, 내가 탑처럼 쌓아둔 컵의 개수를 세어보던 팀장님은 "네 피에서 커피 나올 것 같아. 적당히 마셔."하며 염려하기도 했다.

다량의 카페인 섭취가 업무 집중력을 반짝하고 높여준 것은 사실이었다. 그런데 이런 습관이 지나치자 퇴근해 집에 와서까지도 정신이 말짱해 잠을 못 자는 지경이 되었다. 자정이 넘어 겨우겨우 잠이 들어도 꼭 3시 35분만 되면 눈이 떠지는 일이 한 달 넘게 반복됐다. 깨어났다고 해서 생산적인 일을 할 정도로 체력이 충전된 것도 아니었고, 피곤해서 자고 싶은데도 그럴 수가 없으니 미칠 노릇이었다. 서너 시간의 쪽잠을 자고 나면 침대에 누워서 눈만 껌벅이다가 울상을 하고 출근했다. 당시에는 잠 못 드는 이유가 커피 때문이라고는 전혀 알아채지 못했고, 장기간 지속되는 증세에 '내가 불면증인가' '우울증에 걸린 건가' 오만가지 걱정을 하기 시작했다.

어느 날의 휴일, 어김없이 3시간의 얕은 수면을 한 뒤, 집 밖으로는 한 발자국도 나가지 못한 채 누워 있었다. 이렇게나 잠을 못 자는 현실을 보니 마음의 병이 생긴 것이 분명하다고 확신했다. 스마트폰으로 '우울할 때 힘이 되는 글귀' 따위를 읽어도 하등 도움이 되지 않자 서글퍼져서 엉엉 울었다. 우울증을 치료할만한 동네 병원을 검색해봤다. '약을 먹으라고 하겠지. 수면제는 부작용이 없나. 매일 먹어야 하는 건가.' 걱정거리는 계속 늘어갔다. 마침 집에는 사두었던 커피가 똑떨어졌고, 일어나자마자 습관처럼 마시던 커피를 그날은 한 잔도 먹지 않고 그대로 잠이 들었다. 그리고 놀라울 것도 없이 다음날까지 한 번도 깨지 않고 9시간 동안 숙면했다. 잠을 설친 일은 불면증이나 우울증의 신호가 아니었다. 무분별하게 커피를 마셔대는 나에게 몸이 "그만 좀 먹어라!"하고 신호를 보냈던 것뿐이었다. 그것도 모르고 마음이 아픈 것이라며 착각했던 자신이 민망했다. 설령 맘의 문제가 아니었다고 하더라도 몸의 신호를 끝내 눈치채지 못했다면, 마음도 아파졌을지도 모른다고 생각했다. 잠을 못 이루는 동안은 진심으로 힘들고 우울했으니까 말이다.

몸과 마음을 위해 무모했던 커피 습관에 제동을 걸었다. 제일 먼저 한 일은 커피를 조금씩 마셔 보면서 내 몸에 적정한 양을 찾는 것이었다. 한 잔도 마시지 않은 날은 당연히 잠을 푹 잤지만 점심 식사를 마치고 나면 몸도 정신도 나른해서 커피가 간절했다. 다음 날엔 한두 잔 정도를 오전 중에 마셨더니 일도 잘되고 자는 데에도 방해가 되지 않았다. 반면 오후 세시를 넘겨 커피를 마신 날에는 양과 상관없이 잠들기가 어려웠다. 결론적으로 아침 커피 한 잔, 점심 식사 뒤에 또 한 잔을 마시는 것이 나에게 맞다는 판단이 섰다.

커피를 줄인다는 것이 말처럼 쉽지는 않았다. 카페인 충전을 하지 못했기 때문인지 오후만 되면 몸이 찌뿌둥해졌는데 그때마다 커피 생각이 예전보다 더 간절하게 났다. 아쉬운 마음에 일도 손에 안 잡혔다. 담배도 피우지 않던 나에게 유일한 휴식시간은 동료들과의 막간을 이용한 '커피 타임'뿐이었는데, 그 짤막한 기분전환 찬스도 잃게 되고 나니 답답하기도 했다. 상사가 직접 타주는 커피를 거절할 때마다 사정을 구구절절 설명하기도 귀찮아서 가끔은 그냥 마셔버리고 또 잠을 못 잔 적도 있었다.

그럼에도 불구하고 커피를 제한한 뒤로 내 몸에 더 많은 관심을 갖게 된 점은 긍정적인 변화였다. 우선 커피를 덜 마셔도 피곤하지 않도록 전보다 일찍 잠들게 됐다. 항상 잠잘 시간이 부족하다고만 여겼는데, 잠들기 전 스마트폰 만지는 버릇을 고친 것만으로도 한 시간이나 더 잘 수 있었다. 동시에 커피를 줄이면서 커피와 함께 먹던 간식도 자연스럽게 안 먹게 되었는데 덕분에 속이 편했고 몸도 가벼웠다. 커피를 줄였을 때 여실히 드러나는 비실비실한 체력을 인정하고 이른 퇴근을 하는 날에는 어떻게든 짬을 내어 운동도 열심히 했다. 카페인의 도움 없이도 강인한 몸을 만들려 애쓰는 스스로가 기특했다.

커피를 줄이고 가장 만족하는 부분은 커피 한 잔에서 오는 소중함을 알게 됐다는 점이다. 커피를 맛볼 기회가 적어진 만큼 상대적으로 한 잔의 커피가 너무 귀중해졌고, 그 귀한 커피를 최대한 맛있게 마시기 위해 신중하게 원두를 고르고 맛보고 향을 맡게 됐다. 똑같은 커피 한 잔도 맛을 음미하며 먹는 것과 그렇지 않을 때의 기분은 천지차이였다. 예전에는 "좋은 향이 난다" 수준에서 만족했다면 한정된 커피를 마실 때에는 "향도 좋고 맛있는 커피를 마시자"는 일념 하에 커피 내리는 공부도 하고 좋은 원두를 쓰는 카페들도 가려내기 시작했다. 그렇게 값진 커피 한 잔은 나의 진짜 활력소가 되었다.

맛 좋은 커피에 대한 관심이 더 커진 나는 끝내 바리스타 자격증까지 취득했다. 자격증이 있다고 해서 커피를 더 잘 내리는 것은 아니지만, 이전에 비하면 어떤 커피가 맛있고 좋은 커피인지를 구분할 줄 알게 되어 즐거운 커피 생활을 누리는 데 도움이 됐다. 또 공부를 한 뒤로 내 취향의 커피가 확고히 생긴 덕분에 카페에서 사

마시기보다는 집에서 직접 내려 마시기를 선호하게 되었다. 출근 전에 일찍 일어나 입맛에 맞는 원두를 직접 갈고, 추출하고, 감상하는 모든 과정은 출근길을 한층 더 여유롭게 만들어 주었다. 시간이 흘러 회사를 그만두고 요가강사가 된 지금까지도 아침에 눈뜨는 일은 커피 덕분에 언제나 설렌다. 내일 아침엔 또 얼마나 맛있는 커피를 먹게 될까.

내가
먹지 않는 것

어쩌다 보니
비건이 됐다

○○○○○

　나는 고양이를 모시고 살고 있는 '냥집사'로 인간보다 고양이의 행복을 우선시하는 고양이 숭배자다. 키워보기 전엔 그 매력을 몰랐기 때문에 막다른 골목에서 고양이를 마주치면 다른 길로 돌아갈 정도로 무서워했다. 그러던 어느 날 유기된 고양이 한 마리를 키우게 되면서 내가 사는 세상은 180도 바뀌었다. 이렇게 완벽하고 아름다운 생명체가 우주에 존재한다는 사실에 감사하며 살고 있으니 말이다. 개는 더 말할 것도 없다. 16년 동안 우리 집에서 동고동락하다 지금은 하늘나라에 간 작은 강아지 덕분에 개라는 존재를 너무나 사랑하게 됐다. 도대체 이 여여쁘고 똑똑한 생명이 어째서 나처럼 부족한 인간에게 자신의 모든 마음을 내어준 것인지, 아직도 잘 모르고 그저 고마울 뿐이다. 때문에 나는 고양이와 강아지를 괴롭히는 사람들의 이야기를 들으면 분노가 치민다. 동물을 식용으로 도살하려는 행위를 절대 이해할 수 없다. 한 번이라도 고양이나 개를 키워본 사람이라면 동감할 것이다. 그러기에 그들은 너무 귀여우니까.

개와 고양이를 제외하고 내가 처음으로 먹지 않게 된 동물은 돼지다. 돼지가 특별히 귀여워서는 아니고, 직장인이 된 이후부터 돼지고기만 먹으면 탈이 나기 시작했다. 특히 점심시간에 돼지고기를 먹고, 퇴근 후에 요가를 하러 가면 몸의 움직임이 너무 무겁게 느껴졌고, 땀에서 지독한 악취가 날 때도 있어서 본능적으로 멀리하게 됐다. 한 번은 체한 것을 치료하러 한의원에 갔는데, 선생님마저 내 체질에 돼지고기가 맞지 않는다고 말했다. 그때를 계기로 나에게 돼지는 먹고 싶지도, 몸에 좋지도 않은 음식이 됐다.

다음으로 먹지 않게 된 동물은 소다. 도시에 살면서 실제로 소를 본 사람은 아마 거의 없을 테고, 나 역시 마찬가지였다. 그러다 2017년 요가를 하러 인도에 갔을 때, 소를 처음으로 가까이서 보게 됐다. 인도에서는 소를 '신이 돌보는 동물'이라며 신성하게 여기기 때문에, 소고기를 절대 먹지 않는 것은 물론이다. 또 개보다 소가 길에 더 많이 돌아다닐 정도로 그 개체 수가 많은데, 그 누구도 덩치 큰 소가 길을 막는다고 해서 해코지하지 않는다(소 이야기는 책 뒤편에서 더 언급하고자 한다). 어느 날은 길에서 바나나를 먹고 있는데 소가 내 옆으로 와서 한 입 달라는 표정으로 얼굴을 들이밀었다. 잠시 당황했던 나는 바나나를 반으로 쪼개 소와 나눠먹으면서 생에 최초로 소의 속눈썹과 촉촉한 코를 만져 보았다. 몇 달 후 한국에 돌아와 마트에서 스티로폼 팩에 포장된 소고기를 봤는데 내가 쓰다듬었던 예쁜 소가 생각났다. 그 이후로는 소고기를 절대로 먹을 수 없게 됐다.

　반면에 두 발 달린 동물을 먹는다는 것에는 큰 거부감이 없었다. 닭은 아무리 봐도 소나 고양이처럼 귀여운 구석이 없었기 때문이다. 그런데 정말 좋아했던 프라이드치킨을 불과 몇 년 전부터 건강상의 이유로 끊게 되면서 닭을 먹을 일이 반으로 줄어 버렸다. 튀긴 닭을 제외하고 나면 먹을 수 있는 닭요리는 닭볶음탕이나 찜닭같이 맵거나 오신채가 잔뜩 들어가는 음식들뿐인데, 평소에도 강한 양념을 선호하는 입맛이 아닌 탓에 일부러 찾아먹지는 않았다. 다이어트를 위해 꾸역꾸역 먹던 닭 가슴살은 너무 많이 먹어서인지 몰라도 돼지고기처럼 몸에 안 맞게 느껴지는 순간이 많았고, 그 때문에 예전부터 자연스레 줄이고 있던 차였다. 그런 와중에 우연히 닭의 가슴살만 크게 부풀려 사육해 도축하는 영상을 보게 되면서부터는 완전히 끊게 됐다. 영상 속 닭은 가슴만 엄청나게 커져서 그 무게 때문에 걷지도 못하고 괴로워하고 있었다. 그 모습이 불쌍한 것도 있었지만, 닭의 괴로움을 내 몸에 넣어 쌓는다고 생각하니 나에게 좋을 것이 없단 생각이 들었다.

비슷한 시기에 달걀과 우유를 끊은 이유도 같은 맥락이었다. 좁은 철장에서 고통받으며 어미가 알을 낳고 젖을 짜냈을 것이고, 거기에는 새끼에게 주고자 했던 모든 영양분이 고통과 함께 함축되어 담겼을 것이다. 그 고통을 내가 매일 먹는다고 생각하니 꺼림칙했다. 유기농 우유나 동물복지 유정란을 먹는 선택지도 있긴 했지만, 자주 먹지 않다 보니 안 먹어도 그럭저럭 살 만하다는 것을 알게 되고는 점차 먹지 않게 됐다. 이제는 우유가 든 라떼 대신 두유 라떼를 마시는 게 익숙하고, 계란과 버터가 들어가지 않아도 맛있는 빵이 있다는 사실 역시 알게 됐다.

귀여워서, 체질에 안 맞아서, 내 몸에 좋지 않을 것 같아서, 안 먹어도 되어서 나는 동물을 점점 먹지 않게 됐다. 내가 이런 사정을 구구절절 얘기하지 않고 고기를 안 먹는다고 하니 사람들은 "어머, 비건이시구나."라고 나를 정의해 줬다. 엥? 내가 비건이라고?

"아니에요. 저 해산물도 먹고요, 닭은 거의 안 먹지만 오리고기
도 가끔 먹고요."

"그래도 네 발 달린 동물을 안 먹으면 일정부분 비건을 지향하
는 거죠. 그리고 계란도 우유도 안 드신다면서요."

"아, 그렇게 되나요."

그렇게 어쩌다 보니 나는 비건이 되었다. 계기가 어찌 됐든 음
식을 가려 먹지 않던 때보다 '비건'이 된 현재에 내가 먹는 것들에
대해 훨씬 많은 생각을 하게 되는 것은 사실이다. 무의식중에 음식
을 입에 넣기 전에 내 식탁 앞에 놓인 게 무엇이고, 어디에서 왔고,
혹시 고통을 받은 것인지를 돌아보게 되기 때문이다. 그리고 이런
행위를 거의 매일 하다 보니 고양이와 소, 닭에게서 느낀 연민의 마
음이 다른 생명체들로 확장되는 경험도 잦아졌다.

얼마 전엔 고기를 못 먹는 나를 위해 아빠가 대게를 사주셨는
데, 공교롭게도 그날 간 식당은 손님이 수조 속에 있는 대게를 고르
면 즉석에서 요리해 주는 곳이었다. 아빠는 살아있는 대게 중에서
몸집이 제일 큰 놈을 지목했고 나는 바로 옆에서 그 장면을 지켜봤
다. 그리고 몇십 분 뒤에 그 대게는 죽은 채로 내 앞에 다시 놓였다.
기분이 참으로 묘했다. 나의 선택으로 인해 한 생명이 죽을 수 있다
는 사실을 너무나 짧은 시간에 체감했기 때문이다. 결국 그렇게 좋

아하던 음식을 앞에 두고 '내가 이걸 꼭 먹어야 살 수 있는 건가?' '꼭 먹어야 했나?' 하고 후회했다. 많이 먹지도 못했다. 앞으로도 왠지 안 먹어도 될 것만 같은 느낌이 들었다. 대게는 예쁘지도 귀엽게 생기지도 않았지만, 그렇다고 해서 나로 인해 뜨거운 솥에서 죽음을 당해야 하는 존재는 아닐 테니까.

한마디로 정의할 수 없는 내 복잡한 식습관이 '비건'이든 아니든 상관없다. 애초에 비건이 되길 마음먹고 그렇게 된 것이 아니기 때문에 타이틀은 나에게 하나도 중요하지 않다. 특히 다른 사람에게 비건이 되라고 조언할 마음은 더더욱 없다. 다만 내가 이런 방식으로 먹는 행위를 통해 얻은 것이 있다면, 나밖에 모르고 살던 내가 나 외에 다른 생명을 생각하는 시간이 예전보다 늘어났다는 것뿐이다. 굳이 이런 이야기를 하는 이유는 비건이 아닌 사람들도 자신이 먹는 것에 대해 생각하는 계기가 많아졌으면 하기 때문이다. '나는 비건이 아니니까 그런 실천은 하지 않아도 돼' '나는 너 정도로 신념을 갖고 있진 않아'라고 선을 그으며 생각하길 멈추지 않았으면 좋겠다. 내가 뭘 먹고 있는지, 그게 다른 생명에게 어떤 영향을 미치는지 관찰해보는 것만으로도 마음속 무언가가 아주 조금씩 바뀌게 될 테니까 말이다.

개와 고양이를 키우고, 인도에서 소를 보고, 음식이 되기 위해 태어난 크고 작은 동물들을 마주하며 나는 어떤 목숨이든지 나와 무관할 수 없다는 것을 체감했다. 앞으로도 내가 예상치 못한 상황과 장소에서 또 다른 생명과의 연결고리를 찾게 되면 내가 먹지 않는 것도 더 늘어날지 모른다. 그리고 언젠간 나의 이런 의식이 계속 확장되다 보면 지구상에서 가장 귀엽지 않은 생명체인 인간에게도 인류애와 평화정신을 발휘하는 자비로운 애묘인이 될 수 있지 않을까.

혼밥
선언

나에게 맞는
선택하기

((((

"우리 밥 먹고 하자. '밥심'으로 사는 거지." 회사를 다니면서 이 말의 위로를 참 많이 받았다. 축 가라앉은 사무실 분위기에 맛있는 식사만큼 사기를 돋우는 것도 없다. 점심시간의 외식은 사무실에 앉아 하루 종일 일하는 직장인들에게 주어진 유일한 보상이었다. 소위 말하는 '밥정'이 쌓이면서 식사를 함께하는 팀원들은 '한솥밥 먹는 식구'나 다름없었다. "세끼 잘 챙겨 먹어!" "이거 먹고 기운 내!"라는 말이 단순히 식사 이상의 의미를 가지는 이유였다.

모순적인 일은, 그 어느 때보다도 삼시 세끼를 잘 챙겨 먹으며 직장 생활을 하는 동안 내가 자주 아팠다는 사실이다. 만성 위장장

애로 소화제를 달고 살았고, 증세가 날로 심해지면서 스트레스를 조금만 받아도 위경련이 왔다. 한솥밥 먹는 식구들이 "많이 좀 먹지, 왜 이렇게 못 먹어?"라고 한마디씩 할 때마다 상대를 안심 시키듯 무리해서 먹어온 탓이었다. '잘 먹다'의 기준은 모두가 다를 수 있음에도 불구하고 우리는 때로 타인의 척도를 애써 맞추기도, 가끔은 서로의 잣대를 강요하기도 했다. 식탁에 둘러앉은 모두가 '잘 먹고 잘 살기를' 마음으로 바랐으니까.

점심 식사와 저녁 회식 자리가 생길 때마다 타인의 규격에 맞춰 잘 먹어야 하는 시간은 너무 많았다. "잘 먹네" "맛있게 먹네"라는 말은 칭찬처럼 쓰였다. 분위기에 휩싸이다 보면 누가 시키지도 않았는데 열심히 먹었다. 식단 조절을 하고 있을 때에도 음식을 가리면 튀는 행동처럼 보일까 그저 잘 먹었고, '밥정'을 쌓지 못해 인사 고과에 영향을 받진 않을까 노파심에 또 먹었다. 선배가 '자기만 아는 맛집'이라며 데려갔던 선지국밥 집에서도 그랬다. "일하는 동안 한 번은 와봐야 한다"라며 일부러 후배를 챙겨주는 선배의 성의를 어떻게 거절한단 말인가. 뚝배기 속 빠알간 국물과 소가 흘렸을 처절한 피를 함께 떠올리니 구역질이 나기 직전이었지만, 숟가락으로 한 움큼 선지를 뜨며 엄지를 치켜세웠다. "와, 여기 진짜 진국이네요." 회사를 다니며 수도 없이 그런 일을 반복했다. 매번 몸보단 눈치를 챙겼다.

결국 회사 다니면서 응급실에 두 번이나 실려갔다. 심한 속병을 얻은 뒤로는 일주일간 밥정 나눌 동료도 없이 홀로 흰죽을 먹어야 했다. 단체로 밥을 먹는 시간에 나만 떨어져 있자니 불안함이 밀려왔다. 내가 없는 사이에 진행 중인 업무 이야기를 하지는 않을까 조바심이 들었고, 식사를 마친 뒤 다 같이 커피를 마시며 들어오는 동료들을 보면서 작은 서운함을 느끼기도 했다. 나중에는 따돌림을 당하는 것도 아닌데 팀원들과 사이가 멀어질까 걱정하는 지경이 되었다.

그런데 혼자 식사하는 날이 더해질수록 차츰 초조함은 사라지고, 혼밥생활이 편해지기 시작했다. 밖에서 단체로 식사를 할 때에는 외출을 하고, 갈 식당을 고르고, 돌아올 시간까지 고려해가며 늘 시간에 몰려 밥을 먹어야 했는데 혼자일 때에는 그럴 필요가 없었던 것이다. 유독 밥 먹는 속도가 느렸던 내가 회사를 다니면서부터는 남자 직원들과 똑같이 10분 만에 식사를 마치곤 했으니 체하는 일도 잦을 수밖에 없었다. 그런 날은 몸이 찌뿌드드하고 머리 회전도 느려져서 식후 두어 시간은 집중을 못하곤 했는데, 더 이상 그러지 않아도 되니 컨디션도 한결 좋아졌다.

일주일간의 혼밥 생활을 마치고 다시 동료들과 점심을 먹는 날, 밖으로 식사를 하러 가기가 망설여졌다. 뜨거운 국물, 매운 음식, 즐기지도 않는 고기를 성급하게 먹다가 또 소화가 안되면 어쩌나 하는 걱정이 들었기 때문이다. '내키지 않은 음식을 남들 눈치 보며 신속하게 먹는 일이 몸에 정말 좋은 선택일까?' 재차 아프고 싶지 않았던 나는 머뭇거리다 또 한 번의 혼밥 선언을 했다. "저 이제부터 점심 따로 먹을게요."

자발적으로 혼자 남아 소화도 잘되고, 든든한 '나만의 점심'을 먹어보기로 했다. 평소 좋아하는 바나나(또는 사과), 두유, 견과류 정도로만 가볍게 도시락을 쌌다. 처음엔 양이 적어 배가 고플까봐 걱정했는데, 서두르지 않고 천천히 먹다 보니 포만감이 느껴졌다. 게다가 아무리 천천히 먹어도 밖에서 밥을 먹을 때보다는 시간적 여유가 있었다. 그렇게 남은 시간에는 회사 주변으로 산책을 나가 햇볕을 쬐고, 커피도 한 잔 사서 돌아왔다. 매번 급하게 사무실로 돌아와 양치를 하고 후다닥 업무에 복귀하기 바빴던 때와는 사뭇 다른 전개였다. 소화가 잘되는 것 역시 당연했다. 예전에는 속이 더부룩한 상태로 퇴근을 해서 제시간에 먹어야 하는 저녁을 곧잘 걸렀다. 그러다 잘 시간쯤 되면 배가 고파져 야식을 시켜 먹거나, 아침부터 일어나 허겁지겁 음식을 먹었다. 하지만 혼밥을 하게 된 이후로는 저녁도 제시간에 적당히 먹게 되었고, 허기가 져 폭식

하는 일도 줄었다. 매시간 혹사당하던 위가 뒤늦게 회복되는 느낌이었다.

회사를 다니며 혼밥을 먹는다는 건 가끔 큰 용기를 필요로 하기도 했다. 자신도 '1일 1식'을 한다며 혼밥을 지지해 주는 팀장님도 있었지만, 전반적으로 외부의 시선은 곱지 않았다. 동료들은 자유를 얻은 나를 부러워하면서도, 윗선에서 안 좋게 볼 것 같다며 걱정했다. 실제로 "점심시간도 업무의 연장이 아니냐"라며 개인행동에 주의를 주는 부장님 앞에서는 잘못하지도 않았는데 괜히 위축됐다. 그렇지만 이제는 속 쓰리는 고통을 참아가면서까지 남들에게 잘 보이고 싶지 않았다. 사회생활을 한다는 명목하에 말 그대로 삼시 세끼만 챙겼을 뿐, 한 번도 잘 먹어 본 적이 없던 나를 구해야 했다. 누군가에게 아웃사이더로 낙인찍는 현실은 안타까웠지만, 몸과 건강을 최우선 하여 지금의 선택을 꿋꿋이 고수하기로 마음먹었다. 중요한 건 남들도, 분위기도 아닌 '나'였으니까.

아파본 뒤에야 나는 "무엇이 나에게 진정으로 좋은가"를 고민했다. 다행히 그 고민을 통해 나에게 건강한 생활을 찾을 수 있었다. 시작은 점심시간의 두유 한 잔처럼 사소한 것이었지만, 그 작은 변화는 건전한 저녁과 아침 식사로까지 이어졌다. 그 덕분에 잠도 잘 잤고, 병원을 찾지 않게 됐으며, 사무실에서도 활력 있는 하루를 보냈다. 끝내 생활 전부를 바꾸었다. 나처럼 못 먹는 음식을 직장 상사에게 잘 보이겠다고 억지로 먹는 어리석은 사람은 아마 없을 거라고 믿는다. 그런데 어쩔 수 없는 상황 속에서 과식한 적은 누구나 한 번쯤 있지 않을까? 어느 연예인이 했다는 다이어트 식단을 무조건 따라 한 적은? '음식 남기면 죽어서 다 먹어야 한다'는 미신 때문에 배불러도 끝까지 접시를 비워본 적은? 이런 상황은 우리 주변에서 언제든 마주할 수 있다. 그럴 때에 아주 잠깐이라도 자신에게 무엇이 최선인지 고민해 보면 좋겠다. 남이 권하는 습관에 무분별하게 휩쓸리기 전에, 내가 좋아하고 나에게 맞는 건강한 한 끼가 무엇인지에 대해서. 굳이 혼밥 선언을 하지 않아도 괜찮다.

부디 '잘' 챙겨 드시기를.

4장

잘 잤는가

안녕히
주무셨어요?

잠자기도
노력이 필요하다

ⵔⵔⵔⵔ

　나는 잠자기를 참 좋아한다. 포근한 침대에서 잠들기를 싫어하는 사람은 없겠지만 어떤 상황에서든 평균 8~9시간 잠을 자기 위해 노력하는 나를 유별나게 보는 사람은 많다. 오늘도 꿋꿋하게 9시간의 잠을 자고 이 글을 쓰고 있다. 충분히 잠을 잔 날은 7시간밖에 못 잔 때와는 기분이 180도 다르다. 잠을 깨우려 억지로 커피를 들이킬 필요가 없고, 더 자고 싶단 생각도 들지 않는다. 100퍼센트의 활기찬 하루를 보낼 수 있게 된다. 조금 더 과장을 보태면 다시 태어난 듯한 느낌마저 든다. 세계보건기구 WHO를 비롯한 전 세계 수면 전문가들은 오직 8시간의 잠만 자면 이런 일들이 가능하다고 말한다.

오늘도 나는 하루의 3분의 1은 잠을 자고, 잠들기 4시간 전부터는 숙면을 위한 준비를 시작할 것이다. 그렇게까지 노력해서 잠을 자야 하는지 묻는다면? 물론이다. 기꺼이 모든 최선을 다해 '안녕히' 자고 싶다.

현대인에게 충분한 잠은 사치로 느껴질 수도 있다. 잠을 줄여 공부하고, 일하는 사람들이 이 글을 본다면 이렇게 말할지도 모른다. "잠이 좋은 줄 몰라서 안 자나요? 못 자는 거지." 맞다. 모든 선진국을 통틀어 성인 중 3분의 2는 WHO의 수면 권장 시간인 8시간보다 적게 잔다고 한다. 나 역시 학창 시절부터 회사에 다니던 시절까지 근 10년 이상을 평균 6시간만 자는 수면 부족 상태로 살았다. 사회적 분위기 때문인지, 자의적 필요에 의해서 그랬는지는 모르겠지만, '서너 시간만 자고 성공했다'는 사람들의 이야기가 신화처럼 회자되던 때였으니 전자의 영향이 더 크지 않았을까 싶다. 그 기류에 휩쓸려 잠을 희생해 살아왔다. 다들 그렇게 사는 줄 알았다. "잠은 죽어서 자는 것이다"라는 말이 명언처럼 뿌려지던 시절에 혼자만 게으르고 불성실한 낙오자가 되고 싶진 않았으니까.

대학에 입학한 스무 살의 나는 잠을 줄이는 게 열정인 줄 알았다. 아르바이트를 병행하며 공부를 하기 위해 시험 기간엔 며칠씩

밤을 새웠다. 졸음이 쏟아질 때마다 하루에 다섯 시간만 자도 멀쩡하다는 '쇼트 슬리퍼'들의 타고난 체질을 부러워했고, 노력으로 잠을 이겨낸 사람들의 말을 들을 때면 가슴이 설레곤 했다. 박사가 되기 위해 인스턴트커피 알을 오독오독 씹으며 밤새 공부했다는 교수님이 "나이가 들어서 그때의 습관 때문에 심장이 저린다"라는 말을 하셨는데, 지금이라면 기겁을 했겠지만 당시엔 그 말이 열심히 살아서 성공한 사람의 훈장처럼 느껴져 닮고 싶었다. 이제 와 돌이켜보면 잠을 푹 잘 수 없는 현실에서 내가 할 수 있는 최선은 나의 고생이 언젠간 성공의 바탕이 되리라고 위안 삼는 일분이었을 것이다. "힘들게 일하고, 공부하고, 피곤하지만 언젠간 이 시기를 웃으며 회상할 수 있겠지!"하면서.

스물다섯 살의 나는 성실한 회사원이 되고자 했다. 내가 입사한 회사에서 평사원들은 임원들보다 빨리 사무실에 나와있어야 하는 암묵적 룰이 있었고, 모두가 이 규칙을 당연하다 여겼다. 9시에 업무가 시작된다고 하면, 1시간 반 전인 7시 반 쯤 출근하는 것이 보통이었다. 1시간을 들여 통근하던 나는 적어도 여섯시 반에는 집에서 출발해야 했다. 그렇게 이른 출근을 하고 사내 메신저에 누구보다 빠르게 접속해 나의 존재를 알리는 일이 업무의 시작이었다. 어느 날은 메신저에 일찌감치 들어와있던 나를 보고 얼굴도 잘 모르는 높은 자리의 임원이 쪽지로 칭찬을 한 적도 있다. 회사에 일찍 오고 오래 남아있는 일이 우수 사원의 지표인 듯했다. 고단했지만 회사에서 인정받고 싶단 마음에 그렇게 잠을 줄여가며 지냈다. 그래야 제 역할을 잘하는 거라 믿었다.

여기까지만 들으면 근면하게 살아온 한 젊은이의 성공담 같겠지만, 한 번이라도 잠이 부족해봤던 사람이라면 알 것이다. 설령 잠을 쪼개 좋은 성과를 내더라도 몸과 맘은 엉망이 된다는 사실을 말이다. 때문에 수면 부족은 내 안타까운 과거일 뿐 성공담이 될 수 없었다. 잠을 포기할 때마다 몸은 아프고 마음도 힘들었다. 모든 원인을 고스란히 잠 못 잔 탓으로 돌릴 수는 없겠지만, '수면 외교관'으로 불리는 세계적인 신경 과학자 매슈 워커Matthew Walker는 수면 부족이 우울, 불안, 자살 등 정신 질환에 영향을 주며, 몸의 면역계를 손상하고, 체중을 증가시키는 것이 검증된 사실이라고 말한 바 있다. 실제로 대학 시절 밤을 새는 횟수가 쌓여갈 때마다 피곤과 허기가 쌓이면서 음식을 끊임없이 먹었고 체중도 급격히 불었다. 전에 없던 알레르기 증상도 생겼다. 밀가루, 꽃가루, 집먼지, 곰팡이… 과민함이 전신으로 퍼져 얼굴을 비롯한 온몸이 뒤집어지며 트러블이 났다. 회사를 다닐 때에는 술을 마시는 습관까지 더해져 상태가 악화됐다. 처음엔 피곤한 맘을 술로 풀고자 했던 것인데, 과음

한 날은 또 충분히 잠을 못 자니 더 졸리고 답답해졌다. 그러면 낮엔 커피로 버티고, 밤엔 또 술을 마셨다. 나중엔 자고 싶어도 잠이 오지 않아 우울했다.

설상가상 생리마저 몇 달째 끊겨버린 어느 날, 그날도 잠이 덜 깬 상태로 출근을 했는데 아침부터 통제가 안 될 정도의 졸음이 쏟아졌다. 잠을 쫓으려 커피도 마셔보고, 세수도 해봤지만 소용이 없었고 정말 딱 1시간만 누워서 자고 싶단 생각이 간절했다. 천하장사도 자기 눈꺼풀은 못 든다고 했던가. 내 무거운 눈꺼풀도 그날은 어찌할 도리가 없었다. 상사들이 점심시간에 낮잠을 자는 휴게실에서 쪽잠을 자볼까 했지만 그러기가 눈치 보일 정도로 너무 이른 시간이었다. 궁여지책으로 여자 화장실로 향한 나는 칸이 제일 넓은 화장실을 골라 양변기 옆에 구두를 벗어 놓은 뒤 바닥에 신문지를 깔고 잠을 잤다. 중간에 청소하는 아주머니가 나를 발견했지만 사정을 듣고는 "아이구! 오죽하면 여기서 자. 더 자."하고 모른 척 지나가줬다. 그날 나는 엄마가 취직 기념으로 사준 정장을 입고 있었다. 쪽잠을 자고 사무실로 돌아오니 보드라운 소재의 옷감 곳곳마다 신문지 냄새가 났다. 그 일이 있기 며칠 전엔 지하철에서 어떤 할머니가 선채로 졸고 있던 내 손을 잡고는 "넘어질 것 같아요. 앞아서 자요."하고 자리를 비켜줬다. 엄마가 사준 고급 옷의 감촉이랑 그날 지하철에서 잡은 할머니 손의 온기가 자꾸 겹쳐지면서 "이 대로는 못 살겠구나"하는 생각이 들었다. 꼭 전문가의 말을 빌리지 않더라도, 수면 부족은 분명 나에게 해로웠다.

'죽어서도 잘 수 있다'는 말은 사실이었지만, 그렇게 잠을 안 자다가는 산 동안에도 죽느니만 못하게 살아야 한다는 사실을 겪어보기 전까진 몰랐다. 아직 어리니까 좀 덜 자도 된다고 생각했다. 그 젊음을 담보로 좋은 성적을 얻었고, 장학금을 받았고, 돈을 벌 수 있었고, 우수한 평가를 받을 수 있었으니까. 텅 빈 사무실에 1등으로 도착해 자리에 앉을 때의 쾌감을 기꺼이 즐겨왔으니까 말이다. 한데 그런 게 다 무슨 소용인가 싶었다. 성적이며 업무평가며 다 필요 없으니 잠이랑 바꿀 수 있다면 그렇게 하고 싶어졌다. 카페인에 중독되고, 변기를 끌어안고 자고, 백발 어르신에게 자리를 양보 받고 나서야 나는 출근 대신 잠자기를 우선순위에 두자고 다짐했다.

그날 이후 무조건 일찍 자기로 했다. 회사를 그만두지 않는 한 좋든 싫든 고정된 시간에 맞춰 출근을 해야 했기에 일찍 잠에 들어서라도 수면시간을 늘려보기로 마음먹었다. "우리 팀에서 일하면서 어떻게 9시간을 자."라고 직장 선배는 말했지만, 나는 퇴근 후의 꿀같은 휴식 시간을 과감히 줄여서 잠을 자기로 했다. 친구들과의 저녁 약속, 혼자 영화 보기, 집에서 먹는 맛있는 맥주를 그렇게 다 포기하고 집-회사-운동-잠 외에는 아무것도 하지 않는 무미건조한 일상을 보냈다. 처음엔 열심히 일한 보상도 없이 잠만 자려니 인생이 재미 없어지려고 했다. 하지만 적응이 되고 나니 재미보다는 잠이 주는 이득이 더 많다는 걸 체감했다. 좀비처럼 맥없이 걸어다니던 몸도 점차 활력을 찾았고, 회사에서 정신 못 차릴 정도로 졸지도 않게 됐다. 카페인의 힘을 빌려 수동적으로 겨우 해내던 일처리도 빨라졌다. 알레르기처럼 몸의 예민한 증상도 점차 줄어들었다. 아쉬움이 없는 건 아니었지만 전반적인 삶의 질이 만족스러워졌다.

잘 자는 습관이 일상으로 자리 잡고 나서도 미련이 남는 것들은 아직 많다. 밤에 친구들을 만나거나, 맛있는 저녁을 먹는 사람들을 보면 요즘도 참 부럽다. 그래서 가끔 그 유혹에 빠져 늦게까지 먹고 새벽에 잠드는 경우가 있긴 하다. 그런데 그러고 나면 다음날 요가 수련을 하러 가서 어김없이 티가 난다. 할 수 있는 동작도 의도대로 잘 안되고, 마음도 심란해서 끝내 지난밤의 늦은 취침과 과식을 후회할 수밖에 없다. 짧게 자고도 체력과 집중력이 좋은 사람이 있다면, 난 전혀 아니었던 것이다. 결국 저녁 약속은 내 인생에서 찾아보기 힘든 '연례행사'가 되어가고 있다. 가끔 재밌는 드라마를 밤새 보고 싶단 충동이 들 때에도 다음날 수련할 생각을 하면서 얼른 눈을 감아 버린다. 시원한 맥주와 좋아하는 드라마 한 편의 여유가 삶의 낙인 사람도 있겠지만, 나는 그보다는 낮 시간에 몸과 마음을 수련하는 일이 더 좋다. 거기에서 얻는 맑은 에너지를 느끼며 사는 게 내가 추구하는 질 좋은 삶이다. 앞으로도 포기해야 하는 일은 많겠지만, 지금처럼 나에게 맞게 푹 자고 깨어있는 시간을 알차게 쓰며 살아가고 싶다.

잘 자는 일에 공을 들이며 알게 된 중요한 사실은 나만의 '규칙적인 수면 리듬'을 찾아야 한단 것이다. 첫째, 나에게 맞는 충분한 수면 시간을 알아야 한다. 전문가들은 성인이 하룻밤에 평균 8시간을 자야 한다고 권하지만, 6~7시간만 자고도 괜찮은 사람이 있다. 나는 9시간을 잘 때 완벽한 하루를 보낸다. 아인슈타인은 10시간을 잤다고 하지 않나. 얼마나 자야 몸과 마음이 안녕한지 관찰해보면서 최적의 시간을 찾길 바란다. 둘째, 24시간 기준으로 취침과 기상시간을 규칙적으로 만들어야 한다. 우리 몸은 우리가 자고 있든 아니든 24시간 주기로 각성 상태가 최고조에 있다가 낮아지기를 되풀이하므로 그 주기에 맞춰 수면-각성을 반복해야 잠이 주는 혜택을 제대로 누릴 수 있기 때문이다.

예를 들어 정해진 시간 없이 아무 때나 눈 감기면 자고 눈 뜨는 대로 깬다면 아무리 잠을 자고 일어나도 뇌와 몸이 활성화되지 못해 피곤하게 느낄 수 있단 얘기다. 그렇다고 무조건 일찍 자고 일찍 일어나란 얘기는 아니다. 한 번은 새벽 다섯 시에 일어나는 완벽한 아침형 인간이 되고 싶어서 도전해본 적이 있었는데, 몇 달을 해도 적응이 되지 않았고 오후 한 시만 되면 낮잠을 자고 싶어지는 바람에 미련 없이 포기했다. 나중에 알게 된 것은 아침형 인간이 있다면 올빼미형도, 나처럼 그 중간 어디쯤 있는 사람도 유전적인 이유로 자연스럽게 만들어진다는 사실이었다. 그러니 아침잠 많다고 자책하거나, 아침형 인간이라고 우쭐할 필요도 없이 나에게 이로운 리듬을 찾으면 그만이다.

"제가 부지런해 보이는 겉모습과는 다르게 이렇게 잠도 오래 자고 일도 밤늦게까지 못하는 잠꾸러기랍니다. 하하." 내 호화스러운 수면 시간에 놀라는 사람들에게는 이렇게 대답하며 웃어넘기는 편이다. 농담처럼 하는 말이지만, 그 속에는 아프지 않고 살기 위한 생존 본능이 절반, 오늘을 행복하게 살기 위한 의지가 절반씩 깃들어있다. 남이 뭐라든 결국 잠을 자는 것도 나, 그 몸에 책임져야 하는 것도 바로 나다. 누군가 몸에 좋은 음식을 챙겨 먹고 있다면 그 이유는 건강하고 싶어서일 것이다. 건강한 음식을 먹는 사람에게 우리는 왜 그렇게 공을 들이는지 굳이 묻지 않는다. 오히려 자신의 몸을 잘 챙기는 자기 관리가 철저한 사람으로 보면 모를까. 잠도 다르지 않다. 나쁜 음식을 피하고, 식단을 관리하고, 유기농 식품을 고르는 것처럼 잠을 자는 데에도 그만큼의 관심을 기울일 필요가 있다. 당연히 그래야 했다. 뻔한 이야기지만 건강은 무엇과도 바꿀 수 없으니까. 안녕히 자는 데도 마땅한 노력이 필요하다.

안녕히
주무세요

잘 자기 위한
나만의 숙면 루틴

(((((

    규칙적으로 자고 일어나는 수면 습관은 하루아침에 길러지진 않는다. 나는 보통 오후 10~11시 사이에 잠들어 7시 이전에 깨는 생활을 하고 있는데, 처음에는 수면 장애를 겪고 생활을 개선해야 겠다고 마음을 먹고서도 이 시간을 지키는 것이 쉽지 않았다. 그러나 이렇게 시간을 정해두지 않을 때 일어나는 일은 불 보듯 뻔하다. 대여섯 시간밖에 못 잔 채로 무거운 몸을 이끌고 침대에서 일어나야 할 테고, 그러면 좋지 않은 컨디션으로 일을 해야 하고, 잠을 깨려 커피를 들이키고는 또다시 제때 잠들지 못할 게 분명하기 때문이다. 안녕히 잠들기 위한 나만의 숙면 루틴을 매일 지키는 이유는 그 때문이다.

숙면의 조건에는 좋은 침구와 쾌적한 환경이 필수다. 식상하긴 하지만 침대 회사 광고만큼 잠을 잘 표현하는 문구도 없다. 잠은 인생의 1/3이고, 침대는 과학이고, 그 침대는 흔들리지 않아야 편안하다. 상술인 걸 알면서도 하나부터 열까지 맞는 말이라 고개를 끄덕일 수밖에 없다. 최근 새로 이사 간 집에서 가장 공을 들인 부분도 침실이다. 매트리스 하나를 고르면서도 침대 수십 개는 누워보며 시간을 들여 골랐다. 아무리 좋은 소재여도 누워보면 불편한 경우도 많았기 때문에 내 몸에 맞는 편안함과 디자인을 고르는 노력이 필요했다. 결과는 200퍼센트 만족. 집에서 가장 아늑한 방에 놓아둔 매트리스는 눕기만 하면 스르르 잠드는 최적의 휴식을 제공하는 공간이 됐다.

당장 매트리스를 살 의향이 없다면, 베개와 이불만큼은 좋은 것을 사용하길 강력 추천한다. 나는 일자 목을 가지고 태어나 목에 있어야 할 자연스러운 커브가 거의 없는 데다가, 뒤통수는 톡 튀어나온 소위 말하는 '짱구'머리인지라 내 목과 뒤통수 전체를 감싸 줄 좋은 베개가 아니면 잠을 잘 못잔다. 이불도 마찬가지. 먼지 알레르기가 있어 아무 이불이나 덮으면 밤새 몸을 긁고 재채기를 한다. 처음엔 꼭 비싼 이불이나 베개를 사야 하는 줄 알고 쇼핑을 하며 고민을 많이 했지만, 스스로 타협할 수 있는 적정한 가격과 품질 안에서 발품, 눈품 팔아가며 좋은 아이템을 찾을 수 있었다. 지금은 투자한 비용이 전혀 아깝지 않을 만큼 구름처럼 포근한 이불을 덮고 나에게 꼭 맞는 베개를 베고 편안한 잠을 누리고 있다. 이 작은 차이로 수면의 질이 달라진다는 것을 알면 "왜 진작 바꾸지 않았을까!"라며 무릎을 탁 칠지도 모른다.

침대는 잠을 위한 공간이라는 것도 잊지 않길 바란다. 아무리 편해도 침대 위에서 TV를 보고, 독서하는 습관이 들다 보면 정작 잠을 자야 할 때에도 눈이 말똥말똥해진다. 잠만 잘 수 있도록 전자기기를 주변에 두는 일을 최소화하고 소음과 조명 관리에도 신경을 쓰자. 작은 불빛에도 뇌는 자극을 받는다고 한다. 언젠가는 인테리어를 위해 작은 수면등을 둔 적이 있었는데, 예상보다 조도가 높았던 바람에 한동안 잠을 설친 적이 있다. 처음엔 영문도 모른 채 이리저리 뒤척이다가 뒤늦게서야 조명을 치우고는 다시 숙면을 할 수 있었다. TV나 가전제품에서 나오는 작은 불빛도 마찬가지다. 사소한 것 같지만 예민한 사람들에게는 큰 영향을 미치니 간과하지 않았으면 한다. 당연하게도, 스마트폰은 멀찍이 치워놔야 한다.

저녁은 잠들기 최소 4시간 전 소식으로 마치자. 규칙적으로 잠들고 있는데도, 일어나는 게 힘든 사람들은 이 원칙이 지켜지지 않았을 가능성이 크다. 먹고 난 뒤 바로 잠을 자면, 뇌를 청소하기 위해 머리 쪽으로 흘러들어야 할 피들이 위에서 소화하는 데에 대신 쓰여 자고 나서도 머리가 맑아지지 않는다고 한다. 이 '뇌 청소 작업'이 제대로 되지 않으면 충분히 자고도 몸이 무겁게 느껴지는 것이다. 무조건 시간을 맞춰 잠만 잔다고 '잠이 보약'이 되는 것이 아니라, 기능이 발휘될 몸을 미리 만들어 주어야 한다는 이야기다. 먹다 지쳐 잠드는 게 행복인 사람들도 있다지만, 평소에 위가 약한 나는 아예 그러질 못해서 이 부분을 특히 더 철저히 지킨다. 늦게 식사를 마치는 날이면 누워있다가 위에서 음식이 역류하는 기분이 들어 자다가도 깬다. 소화가 안되어 이리저리 뒤척이다 보면 그날 잠은 다 잔 것이다. 그 고통이 싫어 저녁은 아주 간략하게 먹거나 먹질 않게 됐다. 나와는 반대로 배고프면 잠이 안 온다는 사람들은 저녁 말고 아침, 점심을 영양 측면에서 부실하게 먹고 있진 않은지 확인해 봐야 한다.

차와 커피 마시기에도 적절한 때가 있다. 숙면에 도움이 되는 차가 미디어에 소개되는 경우를 종종 보는데, 뭐가 됐든 잠들기 직전에 먹으라는 얘기는 아니다. 칼로리가 없는 차일지라도 늦게 마시면 자다 깨서 화장실에 가야 하는 경우가 생기기 때문이다. 나 역시 하루의 피로를 풀어주는 따뜻한 차를 좋아하지만 저녁 식사 이후로는 아주 조금만 즐긴다. 평소에도 화장실에 자주 가는 체질을 고려해 물도 잠들기 두 시간 전부터는 마시지 않는다. 당연히 카페인도 시간을 제한해야 한다. 카페인이 몸에 들어와 절반이 제거되는 데 걸리는 시간이 평균 5~7시간이라고 한다. 오후 다섯 시쯤 커피 한 잔을 마신다고 하면 그날 자정까지 카페인의 효과가 50퍼센트나 몸에 남아있다는 얘기가 된다. 하루에 5~6잔씩 마시던 커피를 제한한다는 게 처음엔 너무 어려웠다. 하지만 자고 싶은데도 잠들지 못하는 고통에서 벗어나고 싶단 마음이 더 컸기에 서서히 커피를 줄이기 시작했고, 이제는 자연스럽게 커피를 마시기 전 시계를 체크하는 게 일상이 됐다.

침구도 바꾸고, 소식하고, 커피마저 끊었는데 잠을 잘 못 잔다면 남은 건 스트레스 관리다. 당연한 이야기지만 걱정거리를 가득 안고서는 숙면할 수 없다. 당장 모든 근심을 없앨 수 없겠지만, 조금이나마 마음을 달랠 수 있도록 낮 시간의 가벼운 산책이나 볕 쬐기로 기분전환을 꾀해보면 어떨까. 미국 국립수면재단의 발표에 따르면 실제로 하루에 최소 30분 볕을 쬐면 규칙적인 수면 습관을 형성하는데 효과적이라고 한다. 또한 스트레스를 날릴 목적으로 하는 격한 운동은 숙면을 돕긴 하지만, 최근의 연구 결과로는 운동을 한 날과 하지 않은 날의 수면 질의 차이는 생각보다 미미하다고 한다. 아마 요가를 하고 '꿀잠'을 잔 경험이 있다면, 운동을 했기 때문이라기보단 편안한 호흡으로 신경이 안정됐기 때문이라고 보는 편이 맞을지 모른다. 따라서 잠들기 전 과도한 운동을 하기보다는, 마음을 차분하게 하는 일에 주력하는 것이 좋다.

그중에서도 내가 추천하고 싶은 마음 운동은 단연 명상이다. 어떤 방법을 써봐도 잠이 오지 않는 날이 있다. 그럴 땐 누워서 짧은 명상을 한다. 이때의 명상은 무언가에 집중하거나 과거를 돌이키기보다는 몸을 이완시키는 데에 초점을 맞춰야 한다. 가벼운 호흡을 계속 이어나가는 것만으로 몸은 이완된다. 시간이나 횟수를 재지 않고 그 호흡을 편안하게 느끼다 보면 어느새 스르르 잠이 들 수 있다. 만약 숨 쉬는 것이 어렵다면, 머리끝부터 발끝까지 몸을 스캔하듯 들여다보는 '바디스캔 명상'도 좋다. 발-다리-골반-복부-가슴-등-어깨-팔-손-얼굴 순으로 의식을 가져간 뒤 힘을 툭 풀어내는 연습을 해보자. 상상하는 행위만으로도 몸이 나른해지면서 긴장이 풀릴 것이다. 혼자 하기 어렵다면 명상 어플리케이션이나 인터넷 동영상을 활용해도 좋지만, 가급적 기계 사용은 최소한으로 해야 한다.

마지막으로 나처럼 몸이 찬 사람들에게 추천하는 아이템은 수면양말과 아로마 마사지다. 잠을 잘 자려면 침실의 온도는 서늘하게 하되, 몸은 따뜻하게 만들어야 한다. 그런 까닭에 나는 여름에도 수면양말을 신는다. 여행 갈 때도 꼭 가져간다. 이 양말 한 장 때문에 잠을 뒤척이기도 하고, 안녕히 잠을 자기도 하니 차가운 발끝을 가진 사람들에겐 숙명과도 같은 아이템인 셈이다. 가을과 겨울에는 거기에 따뜻한 내복을 곁들이면 된다. 더불어 잠자기 전 찬 몸을 이완시키는 데에는 라벤더, 레몬버베나 같은 아로마 오일도 도움이 된다. 손바닥에 몇 방울 떨어트려 아기 몸을 쓰다듬듯 가벼운 터치를 하는 것만으로도 몸이 따뜻해지고 신경이 안정된다. 이 글을 쓰며 따뜻하고 포근한 내 침실을 상상하니 벌써 잠이 솔솔 오려고 한다. 부디 오늘 밤은 모두들 안녕히 주무시길.

5장

고양이를 만졌는가

사랑은
고양이로부터 온다

사랑의
수많은 동의어들

(((((

"눈을 감고 두 손을 가슴 위에 얹어봅니다. 그리고 마음속으로 '나를 사랑한다' 말해주세요." 요가 수련의 개운함도 잠시, 선생님의 마지막 한마디에 의아 해져 눈을 뜨고 말았다. 곁눈질로 옆에 앉은 사람들의 표정을 힐끗 살폈다. 다들 이미 사랑에 빠진 사람들처럼 입가에 미소가 한가득이었다. 만족스러워 보이는 얼굴들을 보며 나는 진지하게 묻고 싶었다. "진심이에요? 자신을 진정으로 사랑할 수 있다고요? 어떻게?"

당시 직장에서 받는 스트레스를 해소할 요량으로 오랜만에 다시 찾은 요가원이었다. 며칠 동안 운동을 열심히 하며 힐링하는 기분이 들었는데, 느닷없이 나를 사랑하라는 선생님의 말을 듣자 또다시 스트레스가 폭발하듯 차올랐다. 선생님의 목소리, 수업의 구성과 분위기 모든 것이 완벽했지만 '자신을 사랑하세요.'라는 마지막 인사는 몇 번을 들어도 적응되지 않았다. 나는 가슴 위에 손을 얹고 마음을 들여다보고 싶지도, 거기에서 어떤 감정이 일어나길 바라지도 않았다. 겹겹이 쌓인 힘든 일과 슬픈 감정을 모조리 비워 내고 싶어 요가를 할 뿐이었는데 이제 그것마저 글러 버렸다. 그 뒤로 한동안 요가원에 가지 않았다. 그런데도 사랑이란 감정에 듬뿍 취해있던 요가원 사람들의 얼굴이 수시로 떠올랐다. 사랑은 좋은 것이다. 나도 안다. 그런데도 왜 하고 싶지 않을까. 다른 사람도 아니고, 나로 태어나 나를 사랑하는 일인데 말이다. 그 사실에 오묘한 죄책감이 일었다. 거울을 보면 사랑스럽지 않은 내 얼굴이 있었다. 그때마다 물었다.

"나는 왜 나를 사랑할 수 없지?"

누군가와 사랑을 하려면 첫눈에 빠지든, 보면 볼수록 매력적이어서 이끌리든 장점이 있어야 한다. 최소한의 애정 조건 같은 것 말이다. 그런데 그때의 내가, 그때의 나를 사랑할 이유는 전무했다. 외적인 부분만 따져봐도 그랬다. 나라는 인간은 눈곱만큼도 예쁜 구석이 없었다. 내가 선망하는 외모는 큰 눈, 큰 키, 긴 생머리를 가진 청순하고 도회적인 스타일이었다. 그런데 나는 그 모든 조건을 쏙 빼고 태어나버렸다. 얼굴도 동그랗고, 키도 작고, 눈도 작고, 긴 생머리를 고수할 적에도 청순해 보인단 얘기를 한 번도 들어본 적이 없는 분위기의 인간이었다. 거울만 보면 맘에 안 드는 부분 투성이였고, 그 불만이 똘똘 뭉쳐 외모 콤플렉스를 갖고 살아가고 있었다. 아무리 따져봐도 애정이 생기지 않는 이유는 차고 넘쳤다.

그렇다고 내면이 아름다운 사람도 아니었다. 성격부터 그랬다. 매 순간 비겁하고, 용기도 없고, 정신력도 약해서 뭐든 끈기 없이 포기하는 겁쟁이. 그게 나였다. 그 와중에 성질머리는 더러워서 인간관계도 협소하고, 제일 만만한 가족과 친구들에게는 상처 주는 말을 거침없이 했다. 차분하고 사려 깊어 모두에게 사랑받는 친구들을 보면 너무나 닮고 싶었지만, 절대 그렇게 될 수 없다는 현실이 화가 나서 내가 더 싫었다. 그러면서 자신에게 부끄럽지 않을 만큼 성실히 살아본 적도 없었다. 삶의 목표도 세우지 않았고, 회사도 마지못해 다녔다. 거기에서 오는 불만을 주말마다 불필요한 쇼핑과 음주 가무로 풀었다. 저축은커녕 밤새 술만 마시며 미래와 건강을 방치했다. 인생에 대한 책임감도, 지구력도, 대책도 없는 모자란 인간. 어느 구석을 봐도 나는 별로인 사람이었다. 이런 내가 미웠기에 사랑할 수도 없었다.

겉보기에 나는 아주 멀쩡했다. 그런데도 매일 밤 내일 죽어도 괜찮을 것 같다고 생각했다. 몸이 아프다거나, 마음이 슬퍼서가 아니었다. 그저 뭐가 어떻게 되어도 상관이 없었던 것이다. 그게 나를 더 괴롭게 했다. 내 인생이 너무 소중해서 스스로를 위해 뭔가를 해야겠다는 마음이 하나도 들지 않았다. 삶이 이랬으면 좋겠다, 저랬으면 좋겠다 하는 간절하고도 설레는 감정 역시 도무지 없었다. 일을 할 때에도, 누구를 만나도, 돈과 시간을 들여 즐거운 일을 하려고 해봐도 내가 뭘 원하는지 모르겠는 지경이었다. 결국 삶의 어떤 부분에서도 의미를 찾을 수 없었다. 그런데 사랑이라니. 나 같은 사람은 그런 것을 느낄 수 없었다. 모든 게 답답했던 나는 나를 둘러싼 모든 관계와 상황에서 벗어나고 싶어졌다. 무작정 며칠의 연차와 휴가까지 당겨쓰고 고향으로 도망치듯 떠나버렸다.

서울에 돈 벌러 갔던 언니가 집에 돌아오자 신난 건 우리 집 고양이뿐이었다. 무력감 때문인지 처음에는 녀석을 돌봐주는 일조차 귀찮았다. 움직이기 싫어서 화장실도 제때 치워주지 않고, 놀아달라고 장난감을 툭툭 치는 모습을 보고도 무시하기도 했다. 그런데도 이 작은 생명은 기죽는 기색이 없었다. 내 곁에 와서 제 몸을 나에게 부비는 건 기본이고, 턱밑을 긁어달라며 고개를 쭈욱 빼고 머리를 치켜들었다. 세상에서 가장 당당한 표정으로 나를 쳐다볼 때는 "지구상에서 가장 완벽한 생명체를 이런 식으로 다루다니 한심한 인간이구나. 어서 나를 보듬어라."하는 눈빛을 보내는 듯했다.

고양이나 나나 집에서 하루 종일 아무것도 하지 않고 시간을 보내는 건 마찬가지였다. 그런데 24시간 꼭 붙어 고양이의 일상을 관찰해보니 이 녀석은 자신을 무척이나 아끼며 사는 것 같았다. 일단 사료가 조금만 눅눅해져도 식사를 거부했다. 가로로 길게 뻗친 수염이 그릇에 닿으면 언짢아했기 때문에 밥그릇 역시 폭이 넓고 얕은 것이어야 했다. 화장실에 깔아두는 모래도 입자와 향이 마음에 들지 않으면 용변을 보고 뒤처리를 제대로 하지 않았다. 당연하게도 화장실은 24시간 청결이 유지되어야 했는데, 그렇지 않으면 끊임없이 울어대면서 자기 똥오줌을 제대로 치우라는 메시지를 보냈기 때문이다. 여가 시간에는 정성을 다해 혀로 제 털을 고르며 몸단장을 했는데 그때는 누가 부르든 대답하는 법이 없었다. 밤에는 내 팔을 베고 잤는데 각도가 조금만 틀어져도 이불을 박차고 나가버렸기 때문에 나는 뒤척이지도 못하고 잠을 자야 했다.

"좋은 건 좋고, 싫은 건 싫다고 말한다옹! 나는 소중하니까!"

까탈스럽긴 했지만 그렇게 말하는 듯한 녀석의 제스처가 싫지 않았다. 태도가 분명하다는 건 자기 마음을 잘 알고 있다는 방증일 테니까. 나의 고양이는 자신에게 좋은 것을 주고, 원하는 것만 하면서 스스로를 아끼며 살고 있었다. 그런 태도가 매일 차곡차곡 쌓여서 녀석의 삶을 이룰 것이다. 그래서인가. 이 작은 생명은 자체만으로 빛나고 고귀해 보였다. 이렇게 자신을 귀중히 여기며 살아갈 걸 알아서 신은 고양이에게 목숨을 9개씩이나 주었을지도 모른다. 먹고 싶은 음식도 없고, 하고 싶은 일도 없어서 채널도 바꾸지 않고 하루 종일 TV만 멍하니 보고 있던 나에게는 적어도 그렇게 보였다.

다음 날엔 그런 녀석이 내 머리카락을 제 털처럼 핥아주며 소중히 대해주었다. 씻지도 않고 방치한 탓에 냄새나고 기름진 그 머리카락을 '내가 널 아낀다' 하며 야무지게도 넘겨주었다. 나는 한참을 가만히 있었다. 고양이는 사랑을 말한 적이 없었지만, 그날 나는 사랑이 무엇인지 알 것 같았다. 보살피는 마음이구나. 아끼고 싶어 하는 마음이구나. 예쁘게 해주고 싶은 마음이구나. 어쩌면 측은한 마음일 수도 있겠구나. 내가 더럽든, 게으르든 소중하게 생각한다면 이렇게 애지중지해 주는구나. 사랑의 수많은 동의어를 알게 됐다. 고마웠다. 나도 내 고양이의 엉킨 털을 정성스레 빗어주었다.

사랑이란 단어는 나에게 더 이상 중요하지 않았다. 다만 고양이가 자신을 돌보는 마음처럼 나를 아끼기로 했다. 메모장에 끄적끄적 새로운 애정의 조건들을 적어 봤다. 먹고 싶은 것을 먹기. 싫은 건 억지로 좋다고 하지 않기. 좋은 건 솔직하게 좋다고 말하기. 충분히 자고, 볕을 쬐기. 나를 망치는 일 말고, 내가 건강해지는 놀이하기. 매일 나를 들여다보고 가꾸기. 그 일을 하는 동안은 다른 사람의 방해를 받지 않기. 하지만 언제든 필요하다면 타인의 도움도 받기. 그 사람을 아껴주기. 듣기만 해도 설레는 일들이었다.

그중에서도 가장 많은 도움을 받았던 항목은 내 몸 가꾸기였다. 고양이는 하루 종일 털을 고르고 발톱을 가는데, 몸과 마음이 다쳤을 때에는 그 일을 하지 않는다. 아픈 고양이처럼 방치해 두었던 나의 길어진 손발톱을 깎았다. 그러고는 한참 동안 손과 발을 들여다보았다. 시간을 들여 내 몸을 보는 일이 참 오랜만이었다. 인터넷 쇼핑몰 장바구니에 담아둔 옷들을 비워내고, 대신 비싼 가격 때문에 구매를 망설였던 입욕제를 샀다. 거품을 풍성하게 내어서 손과 발을 닦아 주었다. 그걸로도 모자라 구석구석 샤워도 했다. 샤워로도 부족한 마음이 들 때는 가끔 스파에 가서 혼자만의 시간을 보내기도 했다. 매일 그런 식으로 나를 돌보았더니 내 몸을 보는 게 좋아졌다. 내 마음과 몸이 연결됨을 체감한 언젠가, 샤워를 하며 나는 나를 쓰다듬어 주었다. 머리도 쓰담쓰담. 어깨도 토닥토닥.

스스로를 아끼는 마음이 조금씩 차오르기 시작하면서 그제야 주변을 볼 수 있었다. 자기밖에 모르는 것 같던 우리 집 고양이가 내 얼굴을 빤히 보고 있다는 것도 그때쯤 알았다. "리온아." 이름을 부르니 기다렸다는 듯이 높은 장롱 위에서 뛰어내려 나에게 왔다. 매번 필요할 때만 나를 찾는 줄 알았는데, 먼저 관심을 가져 주기를 기다린 때도 이렇게나 많았을 것이다. 미안한 마음이 들었다.

타인과의 관계에서도 나는 매번 제멋대로였다. "요즘 어떻게 지내?"라는 말이 듣기 싫어서 답장을 안한 문자가 수두룩했다. 친구들의 걱정 어린 말에는 참견하지 말라며 연락을 끊어 버린 지도 오래되었다. 용기를 내어 친구들의 안부를 먼저 물었을 때, 사랑스러운 그들은 미워하기는커녕 또다시 나를 아껴 주었다. "웬일이야? 무슨 일 있어? 괜찮아?"

내가 엄마에게 보낸 마지막 문자는 "나 죽는 거 보기 싫으면 연락하지 마."였다. 그 후 반 년이 지나서야 엄마의 얼굴을 보았다. 예순이 넘은 엄마는 하루가 다르게 늙을 수 있다는 것을 모르고 있었다. 성큼 나이 든 엄마의 모습을 보면서, 또 아무 일 없었다는 듯 나를 돌봐주는 엄마를 보면서 타인에게 받는 사랑이 버거워 모른 척했던 나를 봤다. 눈물이 났다. 나와 내가, 나와 우리가 연결되는 힘은 결국 사랑임을 알았다.

덮어놓고 방치한 관계들을 새로이 돌아보아야겠다는 마음이 들었다. 나를 아끼는 일을 다른 사람들을 아끼는 일로 이어 나가야 할 시간이었다. 다시 서울로 가는 기차를 예매했다. 집으로 돌아와 영원히 가고 싶지 않았던 요가원에 재출석했다. 수련을 하는 동안 요가는 자신을 사랑하게 해주는 좋은 도구라는 것을 불현듯 깨닫는 순간이 있었다. 그 깨달음에 매일 확신이 들었던 훗날에는 이 도구가 모두의 몸을 돌보고 아끼는 일에 맘껏 사용되기를 바라는 마음으로 요가를 가르치게 됐다. 요즘엔 과거의 나처럼 사랑이라는 말이 낯설 또 다른 누군가에게 사랑을 말하고 있다. "나를 사랑한다고 말해보세요. 그런데 그 말이 잘 나오지 않으면 억지로 안 해도 돼요. 대신 오늘 내가 잘 한 거 하나라도 칭찬해봐요. 오늘 수련 하러 왔잖아요. 칭찬해줘요. 그것도 사랑이죠." 뭐가 됐든 매트 위에서 기꺼이 시간을 보내는 모든 이들은 사랑스럽다.

살아있다,
죽는다.

우리는 서로
죽어가고 있음을
알았습니다

OOOO

스물여섯 살의 봄, 친구가 죽었다. 죽기 일주일 전쯤 나한테 와서 너무 괴롭다고 눈물을 쏟더니, 비가 억수로 내린 날 밤에 유서도 없이 훌쩍 떠났다. 회사에 출근하자마자 소식을 전해 들은 나는 화장실에서 잠깐 울다가 다시 책상 앞에 앉아 아무 일 없는 듯이 오전 업무를 봤다. "친구가 죽어서 며칠 휴가를 내겠습니다."라는 말은 영화에나 나올 법한 대사 같아 입 밖으로 꺼내지도 못했다. 커다란 모니터에 결재 맡을 자료를 꾸역꾸역 입력하고, 끊임없이 울리는 클라이언트의 전화를 친절한 목소리로 받으면서 생각했다.

'인생은 참으로 덧없고 덧없고 덧없구나.'

재능 있고 착했던 내 친구는 세상이 원하는 기준에 자신을 맞추기 버거워했었고, 그건 나 역시 마찬가지였다. 우리는 고교 시절부터 그랬다. 둘 다 가고 싶은 대학에 가지 못해서 수능이 끝나고도 한참 패배자가 된 기분으로 지냈고, 대학 시절엔 24시간 운영하는 카페에서 같이 밤을 새워가며 공부하고 이력서를 썼다. 이루고자 했던 꿈을 포기하고 나서는 생업을 위해 잠시 동안 같은 회사에 들어가 돈을 벌기도 했다. 10평도 안 되는 작은 원룸에서 둘이 월세를 나눠 내며 성실히 사는 동안에도 사회적 시선과 가족들의 기대를 충족시키지 못한 것이 늘 죄스러웠다. 결국 친구는 일을 그만두고 고향으로 내려가 버렸고, 나는 생계를 위해 계속 일을 했다. 우리는 대부분의 날에 행복하지 않았지만, 다들 그렇게 사는 줄 알고 버텼다. 그렇게라도 고생하며 살아야 인생의 실패를 만회할 수 있는 줄로 착각했다. 그런데 친구가 죽고 나서는 그게 얼마나 쓸데없는 짓인지를 깨달았다. 좋은 성적을 얻고, 돈을 잘 벌고, 남들이 알 만한 회사를 다녀야 성공한 거라는 그런 말도 안 되는 말들 때문에 불행할 필요가 없었던 거다. 그걸 뒤늦게 깨닫고는 친구의 장례식에서 영정사진에 눈을 맞추며 다짐하듯 말했다.

"H야. 이제는 네 몫까지 내가 제대로 의미 있게 살게."

친구의 인생까지 등에 업고서 한동안은 산에 오르고, 요가를 하고, 무작정 발길 닿는 대로 여행을 떠났다. 적성에 맞는 일은 아니었지만, 어쨌든 회사에서도 전보다 더 열심히 일했다. 이렇게 부지런히 시간을 보내다 보면 친구를 떠나보낸 슬픔도 극복하고, 내 인생도 자연스레 새로고침 될 거라 믿었다. 이혼이나 심각한 질병 같은 개인적인 비극을 통해 삶을 바꾼 사람들처럼, 나도 친구의 죽음을 계기로 더 나은 인생 2막을 개척하길 기대했다. 그런데 그 다짐은 생각보다 오래가지 못했다. 충격적인 사건으로 삶에 변화가 생긴다 하더라도 그건 아주 한시적인 기폭제일 뿐, 삶을 긍정적으로 변화시키는 지속적인 성장 동기는 될 수 없었던 까닭이다. 오히려 "한 명이 자살할 경우 주위의 5~10명에게 자살 충동을 심어 준다"라는 세계보건기구의 연구 결과처럼, 친구가 죽고 난 후 몇 년 동안 나는 자주 우울했고, 밑도 끝도 없이 죽음을 생각했다. 결국 3년 뒤에는 '이대로 가다간 나도 H를 따라 죽겠구나' 싶어 아무 대책도 세우지 않고 회사를 그만두기에 이르렀다.

퇴사를 하고, 인도에 가고, 요가 강사가 되면서 친구를 잃은 슬픔이 그제야 조금씩 정리되는듯했다. 극단적인 생각도 더는 하지 않았다. 하지만 2018년, 우리 집 강아지 '공주'가 죽었을 때 내가 이겨낸 줄로 착각했던 슬픔은 잠시 잊혔을 뿐이었다는 걸 알았다. 열여섯 해를 살다가 간 공주는 죽은 내 친구를 유달리 좋아했다. 공주와 친구를 모두 잃었다는 생각에 나는 거대한 상실감을 느꼈고, 그럴 때마다 잊고 있던 친구의 죽음이 다시 떠올라 매일 울었다. 그 아픔을 추스르는 과정은 친구의 죽음을 겪었을 당시보다 더 힘들었다. 요가를 수련하거나 앉아서 명상을 한다고 해도 완전히 극복할 수 없는 감정이 있다는 사실에 어찌할 바를 몰랐다. 그땐 그냥 그 시간 만이라도 정상으로 살기 위해 계속 요가를 수련했고, 요가원에 나가 일을 했다. 그렇지 않고서는 울음을 그칠 수가 없었으니까. 그렇게 웃으면서 사람들을 가르치고 집에 돌아가는 버스에서 미친 듯이 눈물을 쏟았다. 나중에는 눈물을 닦지 않고 그냥 흐르게 두었다. 사람들이 다 나를 쳐다봤다. 나는 그때 반은 살아있고, 반은 죽어있는 기분이 들었다.

그럴 때마다 위로가 된 건 집에 홀로 남은 고양이 '리온'이었다. 녀석은 몇 년 동안 같이 살던 동무가 사라졌는데도 별로 슬픈 기색이 없어서 오히려 우리 가족이 일상을 회복하는 데에 큰 도움을 줬다. 막역한 사이는 아니었지만 그래도 수년간 같은 침대를 쓰던 친구가 없어졌는데도 리온이는 변함없이 잘 먹고 잘 살았다. 그런 모습을 보고 있자니 "저 녀석에게 죽음은 뭘까?" 하는 의문이 들었다. 생각해 보니 공주가 죽기 한 달 전 아파서 쓰러지던 날부터 리온이의 행동은 남달랐다. 그날 리온이는 놀란 듯 공주 곁에 가서 냄새를 맡았다. 그러더니 휙 하고 몸을 돌려 가버렸다. 그 이후로는 공주가 누워있는 주변으로는 더 이상 가지 않았다. 심지어 공주가 죽기 며칠 전부터는 공주가 원래 없었던 것처럼 행동했다. 똑똑한 리온이가 죽음을 모를 리는 없었다. 아마 죽음을 본능적으로 이해하고 받아들인 것은 아닐까. 친구의 죽음은 그 사실대로 인정하고, 남은 본인의 인생을 착실히 살아가는 것이야말로 리온이가 죽음을 수용하는 방법이었을 것이다. 설령 그게 본능에 불과한 행동이라 할지라도, 슬픔과 미련으로 하루하루를 사는 나에게는 그렇게 보였다.

리온이는 또 언제 죽게 될까. 남은 가족들은 또 얼마나 살까. 내 다음 걱정은 이제 그런 것들뿐이었다. 집고양이의 평균 수명은 15년 정도이니 리온이가 제 수명을 사는 동시에 나 역시 별 탈 없이 살아간다면, 나와 내 고양이에게는 약 아홉 해의 시간이 남아있었다. 그런데 문득 내가 먼저 죽지 않는다는 보장이 없단 걸 깨달았다. 만약 내가 갑자기 더 일찍 죽는다면? 그럼 몇 년이 남은 걸까? 일단 오늘 하루는 빼야 했다. 하루 종일 울고 누워있느라 리온이랑 많은 시간을 못 보냈기 때문이었다. "아이고 아까워라." 유한한 시간이 지금도 흘러가고 있단 사실에 갑자기 아깝다는 말이 절로 나왔다. 애틋한 마음이 들어 서둘러 리온이를 끌어안았더니, 우리가 서로 죽어가고 있다는 사실을 알았다. 죽지 않고 남아있는 자들도 매일 죽음을 향해 걸어가고 있을 뿐, 영원히 사는 것은 아니었다. 그러니 우리가 지금 부둥켜안고 있는 이 순간은 얼마나 큰 축복인가 싶었다. 남은 삶을 충실히 살아가면서 서로를 부르고 쓰다듬어 줄 수 있는 건, 기적이었다.

내 주위에 아직 죽지 않은, 다시 말해 죽음을 기다리는 사람들을 떠올려봤다. 친구의 장례를 마친 나를 위로하기 위해 내가 좋아하는 샐러드를 사서 우리 집까지 와줬던 나의 살아남은 친구들. 내가 어떤 위치에 있든지 나에게 변하지 않는 사랑을 주는 부모님. 이 사람들과 내가 죽기 전까지 공유할 수 있는 시간은 얼마나 더 남아있을까. 그 죽음이 몇십 년 뒤 일수도, 당장 내일일 수도 있단 사실에 과거의 슬픔에 얽매여 주저앉아 있을 때가 아니라는 판단이 더욱 확고해졌다. 당장 친구와 가족들에게 전화를 걸었다. "살아주어 고맙다"라고 말했다. "나는 하루라도 더 당신과 같은 시간을 공유하고 싶으니 오늘도, 내일도 열심히 살겠다"라며 끊었다. 이 사람들이 어떤 인생을 살아가든, 또 설령 오늘 나에게 어떤 서운함을 주든지 간에 오늘, 이번 달, 올해를 죽지 않고 살아줘서, 나와 함께해 줘서 얼마나 기쁜지 모른다. 우리는 언젠가 다 죽을 것이니 우리의 생이 겹쳐지는 이 순간만큼은 최선을 다해 살아있는 게 중요했다. 그 사실이 친구의 죽음 앞에서 멈춰있던 나를 진정으로 움직이게 만들었다.

나는 여태껏 죽음이 주는 진짜 의미를 모른 채 그저 슬프고 절박한 마음만 가지고 살고 있었다. 제법 어린 나이에 친구의 죽음을 맞이하면서 삶에 있어 무엇이 중요치 않은지는 알게 됐지만, 사실은 거기에서 오는 후회에 갇혀 무의미하게 시간만 보냈을 뿐 스스로의 인생을 변화 시키지는 못했었다. 내가 죽음을 통해 깨달아야 했던 건 죽음 그 뒤에 남은 나, 그리고 내 주변의 남은 자들의 생이었다. 그걸 자기 몫을 묵묵히 살아가려는 고양이를 통해서야 비로소 알았다. 사랑하는 이들이 죽어서 오는 슬픔은 평생 나를 마음 아프게 하겠지만, 이제는 그 슬픔을 통해 살아있는 자들의 소중함을 알아야 할 차례였다. 매 순간 죽음으로 가고 있는 내 인생을 아껴야 하는 진짜 이유에 대해서도 말이다.

얼마 전 우리 집에는 3개월을 산 아기 고양이 한 마리가 더 들어왔다. 이 고양이도 언젠가는 죽는다. 우리 중 누군가의 생이 먼저 끊어져 아쉬워질 순간을 생각하면 매일이 애틋하고 감사하다. 그 간절한 마음으로 오늘도 이 고양이를 돌보고 사랑한다. 모든 인연이 나에겐 그렇다. 그렇게 매일 죽음을 대비한다. H에게 약속했던 다짐을 이제는 진심으로 지킬 수 있을 것 같다.

"내가 제대로 의미 있게 살게."

6장

몸은 돌보았는가

몸에게
묻다

몸을 기록하고
답하는 삶

ⒸⒸⒸⒸ

"어라? 이게 왜 안되지?" 이 당황 섞인 물음이 내 몸에게 보낸 첫 질문이었다. 2014년 퇴근 후에 취미로 다니던 요가원에서 난생처음 한 다리로 서서 균형 잡는 자세를 했을 때의 일이다. 우아하게 다리를 뻗어내는 선생님의 시범을 보면서도 '별거 아니네'라고 판단하던 차였다. 그런데 선생님을 따라 한 다리를 들어 올리는 순간, 나는 스카이 콩콩 타듯 콩! 콩! 콩! 매트 밖으로 튕겨 나갔다. 쉬운 자세처럼 보였는데 실제로 해보니 전혀 그렇지가 않았던 것이다. 고개를 갸웃거리며 생각했다. "나름대로 몇 달 동안 요가 열심히 다녔는데, 이건 왜 안되지?"

"다리가 부실하게 얇아서 그런가?" 이 비난 섞인 물음이 몸에 대한 두 번째 질문이었다. 멋진 근육질 다리를 가진 선생님과 나를 비교하며 유독 가는 내 다리 탓을 했다. 그런데 이게 웬걸. 나보다 다리가 한참 가는 사람들도 수련 중엔 거뜬히 한 다리를 들고 30초고 1분이고 서있었다. 그 모습을 따라 하려 애썼지만 그럴수록 무릎만 아파져 냉큼 다리를 내려놓을 수밖에 없었다. 억지로 버티려고 해도 어느새 지지하는 발이 바깥쪽으로 돌아가거나, 상체가 뒤로 기울어지면서 몸이 틀어졌다. 어떤 날은 안 넘어지려고 비틀대다가 쿵 소리 나게 바닥에 넘어진 적도 있었다. 부끄러워 어디론가 숨고 싶었다.

단 한 번이라도 다리를 곧게 뻗어보고 싶어 자세를 탐구하기 시작했다. 균형을 잡고 바로 서려면 한쪽으로 쏠리지 않도록 바닥에 내려둔 발바닥 전체에 균등하게 힘을 주어야 했다. 특히 아치를 살리는 일이 중요했다. 인간이 수십 킬로그램의 체중을 견디면서 걷고, 뛰고, 균형을 잡을 수 있는 힘의 원천은 바로 아치에 있기 때문이었다. 나는 그제야 "내 아치가 안녕하던가?" 물으며 발을 유심히 들여다보게 되었다. 수제비 반죽처럼 납작한 발바닥이 그날 처음 눈에 들어왔다. 그랬다. 내 발은 아치가 무너진 평발이었다. 서있을 때마다 아치가 있어야 할 공간이 푹 꺼져버려서 어쩔 수 없이 발 안쪽으로 무게가 쏠리는 현상이 보였다. 그 와중에 억지로 서려고 하면서 종아리 바깥쪽에 힘을 주고 무릎을 비틀어 버렸으니 관절이 아플 수밖에 없었다. 무의식중에 발을 본 적은 많았지만 어떤 모양으로 생겼는지, 어느 쪽에 무게를 더 싣는지를 관찰해 본 건 처음이었다. 몸에 대한 이해가 부족했으니 자세를 잘하고 싶어도 지금껏 그러지 못했던 것이다.

돌이켜보니 몸에 대한 몰이해는 요가에만 한정된 일이 아니었다. 평생을 이 발로 걷고 살았는데 이유를 모르고 지나쳤던 사건들이 너무나 많았다. 중학교를 다닐 때에 상을 받으러 단상에 올라가는데 친구들이 내 걸음걸이를 보고 웃은 기억이 났다. 팔자걸음으로 걷는 게 "깡패같다"라는 이유였다. 대학시절 아르바이트를 할 때, 똑바로 서있기 어려워 짝다리를 짚고 있다가 사장님에게 지적을 받은 적도 있었다. 수십 년간 비뚤게 지내다 보니 골반도 같이 기울었다. 성인이 되어서는 기울어진 골반 따라 다리를 한 쪽으로 꼬아주지 않으면 불편할 정도였다. "똑바로 좀 걸어." "다리 꼬지 말고 예쁘게 앉아." 같은 지적을 받으면서도 쉽게 고칠 수는 없는 이유를 그제야 알았다.

그런데 원인을 알았다고 하더라도 쉽게 고칠 수 있는 문제는 아니었다. 타고난 것이 절반, 여태까지 살아오며 쌓아온 습관이 절반일 텐데 수십 년의 세월을 뛰어넘어 아치를 만들고 균형을 잡고 서려면 억겁의 시간이 걸릴 것만 같아 막막했다. 멋진 균형잡기 동작을 뽐내기는커녕, 선생님이 아치 만들기에 좋다며 알려준 '발가락으로 티슈 뽑기' 연습이나 하면서 마음이 답답해졌다. 그날따라 왼쪽 발은 왜 이렇게 티슈를 못 집는 건지 엉망진창인 몸뚱이가 원망스러웠다. 짜증 섞인 마음으로 또 몸에게 물었다. "아니, 이렇게 되기까지 왼발은 대체 뭘 한 거야?"

발을 꾸짖던 중에 문득 킬 힐을 신고 길을 걸을 때마다 유독 왼발만 터질 것 같았던 고통이 떠올랐다. 당시엔 싸구려 구두를 신어서 그런 줄 알았는데, 이제 와 생각해 보니 그 아픔이 발이 나에게 보냈던 경보가 아니었나 싶었다. 운동을 무리해서 한 날마다 유난히 왼쪽 종아리 근육만 뭉쳐서 마사지하던 일도 생각났다. 긴장감이 계속 쌓이다 보니 지금도 왼쪽 종아리만 볼록 튀어나와 있었는데 그걸 보고도 왼발이 보낸 사인을 눈치채지 못했다. 여태껏 오래 걷거나 빠르게 뛰지 못했던 이유도, 발가락에 굳은살이 배기다 못해 살이 찢어졌던 원인도 마찬가지였을 것이다. 어쩌면 몸은 신호를 통해 나에게 계속 묻고 있었다는 생각이 들었다. "아야! 지금 저한테 뭐 하시는 건가요? 뭘 신고 다니는 거예요? 바른 자세 좀 해주실 수 없을까요? 계속 저를 이렇게 함부로 하실 건가요? 나중에 어쩌려고 이러세요?"하고. 비로소 알았다. 정작 대답을 할 사람은 몸이 아니라 나였다는 것을. 발을 이렇게 아프게 한 이유가 뭔지, 아치는 어쩌다 무너트렸는지, 평소에 어떤 모양으로 서있는지, 건강한 몸을 위해서 무슨 노력을 했는지 책임지고 대답해야 하는 것 역시 나였다. 그런데도 몸에게 매번 따져 묻기만 했다. 미안한 마음이 들었다. 몸에 대한 무지를 깨달은 뒤, 나는 여러 방면으로 발을 관찰하고 몸에게 대답할 준비를 했다. 몸에 대해 알게 된 내용은 상세히 적어 두었다.

　-양쪽 다 평발이지만 특히 왼발이 더 심하다.

　-아치가 완전히 무너진 왼발이 오른발보다 4밀리미터 길고, 폭은 0.5밀리미터 좁아졌다.

　-왼발에 맞춰 더 크게 신발을 신어야 했지만 그러지 못해 발을 아프게 했다.

　-신발을 작게 신는 걸 선호해서 상황을 악화시켰다.

　-아치가 있는 오른발도 걸을 때는 왼발과 마찬가지로 아치가 잘 무너진다.

　-발바닥이 아닌 발가락에 힘을 주다 보니 굳은살이 자주 박혔다.

-그런 와중에 12cm 이상의 킬힐, 보드화, 쪼리만 신고 다니면서 발을 괴롭혔다(죄송합니다).

몸이 건넨 질문에 대답하고 나니 내가 해야 할 일은 과거를 비난하는 것이 아님을 분명히 알게 됐다. 오히려 휘고 굽어질지언정 내 삶을 지탱하려 헌신한 몸에게 감사한 마음이 들었고, 남들보다 몇 곱절은 더 노력해 걷고 뛰었을 발에게 연민이 생겼다. 이런 마음이 쌓이다 보니 지금의 내 몸을 수용하고 더 건강한 방향으로 쓰고 싶어진 것은 당연했다. '어느 세월에 나아지려나' 하며 안 보이는 미래를 걱정할 새도 없었다. 당장 습관을 바꾸기로 했다. 작은 키를 감추려고 신었던 굽 높은 힐을 포기했다. 아치를 무너지게 만드는 플랫 슈즈나 너무 폭신한 운동화, 즐겨 신던 보드화도 신지 않기로 했다.

대신 적당하게 아치를 지지해 주는 신발을 찾아 착용했다. 왼발에 사이즈를 맞춰 신었고, 헐거움을 보완하기 위해 발 볼이 좁은 신발을 고르고 골랐다. 그걸 신고 걸을 때마다 골고루 발바닥이 지면에 닿는지 확인했다. 시시하다 여긴 '티슈 뽑기 운동'을 비롯해 아치를 만드는 데 도움을 주는 발운동도 계속했다. 요가원에도 꾸준히 나갔다. 균형 잡는 자세를 할 때마다 느끼는 변화를 수련 일지에 적어 기록했다. '발바닥을 풀어주고 운동을 한 날 자세가 더 잘 나왔다'든가, '발이 돌아가지 않도록 엉덩이 힘을 주었더니 오래 유지했다'든가 하는 식으로 내가 느끼는 몸을 적었다. 미미한 변화일 지라도 서서히 나아지는 게 보였다.

오랜 시간이 흐르고 흘러 나는 한 다리로 설 수 있게 되었다. 넘어질까 조마조마한 마음은 여전하지만, 더 이상 몸에게 "왜?"라는 질문은 하지 않는다. 단순히 동작만 나아진 것은 아니었다. 밋밋한 발에도 조금씩 아치가 생겼다. 잘 설 수 있게 되자 걸음걸이도 변했다. 골반의 기울기도 바뀌었다. 덕분에 휘어져 보이던 다리도 제 위치를 찾았다. 교정을 염두에 두고 한 건 아니었지만, 몸을 알아차리고 행동한 결과는 놀라웠다. 요가가 만들어준 마술이 아니었다. 몸을 받아들였고, 습관을 변화 시켰고, 꾸준히 대답하려고 노력한 대가였다.

선 자세를 제법 하게 된 이후로도 내가 대답해야 할 질문은 무수히 남아있다. 균형잡기를 제외하고도 안되는 동작은 아직 많기 때문이다. '핸드스탠드를 할 때 몸을 왜 기울게 만들었지?' '오른쪽으로 비트는 것만 더 안되게 몸을 써온 거야?' '숨을 더 깊게 쉬려면 어떻게 해야 할지 알아볼까?' 같은 질문에 대답하려면 책으로 공부하고, 다른 이에게 물어도 보고, 직접 연구도 해봐야 한다. 가끔 끊임없는 질문에 지칠 때쯤엔 "이 자세는 왜 잘하게 됐지?"하며 자찬 섞인 문답을 하기도 한다. 몸에게 잘해온 일들을 상기하면 언제든 뿌듯하니까. 뭐가 됐든 답변을 게을리하지 않고 몸을 돌보는 일을 꾸준히 해보고자 하는 마음이다.

"산다는 것은 바로 질문을 받는 것입니다. 우리 모두는 대답해야 하는 자들입니다. 삶에 책임지고 답변하는 것 말입니다." 유대인으로서 아우슈비츠 수용소에서 살아남은 빅터프랑클은 이렇게 말했다. 삶의 의미를 묻는 질문은 잘못됐으며, 오히려 삶에게 대답하며 살아가야 한다면서 말이다. 몸에게도 따져 묻기 전에 몸의 질문에 먼저 귀 기울일 수 있기를. 삶에도, 몸에도 우리 모두는 대답해야 하는 책임이 있으니까.

달은 차고
또 기운다

생리통을
바라보는 방법

○○○○○

인생에는 어쩔 수 없는 일들이 참 많다. 그중 하나는 여자로 태어나 매달 생리를 하는 것이다. 나는 어릴 적부터 심한 생리통으로 고생했다. 학창 시절에도 배가 너무 아파서 등굣길에 주저앉은 적이 한두 번이 아니다. 그러다가 그대로 도로에 쓰러져 구급차에 실려간 경험도 있다. 억지로 학교에 가더라도 허리를 펼 수가 없어서 책상에 종일 엎드려 있었다. 수험생 때도 조퇴하는 일이 부지기수였는데, 집에 가서도 별도리 없이 침대에 누워 데굴데굴 구르는 일이 내가 할 수 있는 전부였다. 복용량을 초과해 진통제를 먹어도 약효가 들지 않았다. 결국 약 때문에 쓰린 속을 부여잡고 울다 지쳐 잠이 들어야 하루가 끝났다. 대학에 가고, 직장을 다닐 때에도 나아진 것은 없어서, 매달 사흘 정도는 이런 식으로 아픔을 견뎌야 했다. 일 년이면 서른여섯 번, 즉 1년 중 한 달은 아파서 버리는 셈이었다.

나만큼 생리통이 심했던 우리 엄마는 "생리도 출산 때랑 똑같이 아파."라고 하셨다. 애 낳는 것보다 어떨 때는 더 힘들었다면서 말이다. "근데 애 낳으니까 없어지긴 하더라."라는 말도 꼭 덧붙이셨다. 안타까운 마음에 나를 위로하려 한 말이었겠지만, 큰 위안은 되지 않았다. 그도 그럴 것이 생리를 할 때면, 누가 내 포궁에 손을 집어넣어 긴 손톱으로 쥐어짜고, 비틀고, 찢고, 주먹으로 실시간으로 때리고 있는 기분이 들었다. 쉴 새 없이 맞아서 나중엔 온몸이 뻐근하고 저렸다. 병원에 가도 원인이 없으니 나아지질 않았다. 부끄러운 이야기지만 너무 아프다 보니 내 몸에 대고 욕을 한 적도 있다. 여자로 태어난 걸 자주 원망했고, 어느 날의 일기에는 "여자인 게 너무 억울하다. 자궁 죽어라… 누가 떼 갔으면 좋겠다."라고 적었다. 실제로 포궁을 들어내는 수술이 있는지 의사선생님을 찾아가 묻기도 했다.

통증에서 처음 해방된 것은 회사를 다니며 요가를 하면서부터

다. 생리통 완화를 목적으로 시작한 건 아니었는데, 꾸준히 한 지 3개월이 지났을 때부터 진통제를 먹지 않고도 괜찮은 나를 발견했다. 당시엔 선생님이 "자궁 건강에 도움이 된다"라고 설명해 준 동작들을 열심히 연습하면서 몸이 나아졌다고 믿었다. 그런데 이제와 돌이켜보면 아픔이 사라진 이유가 특정 포즈 덕분은 아니었던 것 같다. 그때만 해도 몸이 너무 뻣뻣해서 따라 할 줄 아는 동작이 거의 없었고, 당연히 선생님이 알려줬던 자세도 효과를 볼 정도로 정확하게 구현해내지 못했기 때문이다. 그보다 더 큰 도움이 된 것은 언젠가 선생님이 해준 한마디였다.

그날은 결가부좌로 앉아 명상을 해보기로 한 날이었다. 나는 자세가 잘 만들어지지 않아서 겨우 발을 끌어다가 허벅지 위에 아슬아슬하게 걸쳐 두었다. 그런데도 몸이 영 불편해 이리저리 들썩댔다. 눈을 질끈 감고 버텨보려 했지만, 금방이라도 무릎과 발목이 터질 것 같은 느낌이 들었다. 혼자만 포기하겠다고 다리를 풀어내지도, 그렇다고 요가원을 박차고 도망갈 수도 없는 상황이 답답했다. 설상가상 숨조차 안 쉬어졌다. 뒤주에 갇혀 옴짝달싹 못하는 기분이 이런 걸까 싶었다. 또 시간은 왜 이리 더디게 가는지, "1분만 더 유지해봐요"라는 선생님의 말이 얄미울 지경이었다.

짜증 섞인 표정으로 선생님을 쳐다보다가 눈이 마주쳤을 때,

선생님은 미소를 지으며 이렇게 말했다. "아픈 것도 내 감각이잖아요. 화나고 속상하고 억울한 느낌도 다 내 몸에서 나온 것일 텐데 매번 피하고 싫어할 수만 있어요? 판단하지 말고 온몸으로 받아들여봐요." 그리고 나선 나에게 살며시 다가와 "스런, 좋은 것만 찾지 마요. 깊은 호흡으로 다 받아들여요."라고 어깨에 손을 얹어 긴장을 풀어주고 갔다. 그때 내 맘속의 저항감이 툭 내려졌다. 방금 전까지 막혀있던 숨통이 트이면서 신기하게도 숨이 쉬어졌다. 여전히 몸은 바들바들 떨렸지만, 몸 둘 바 모르던 때와 달리 머물러 봄직했다. '고통을 본다는 건 이런 기분이구나.' 처음 느꼈던 순간이었다. 그날 이후 나는 어떤 동작을 만나든 아픔을 가만히 바라보려고 노력했다. 자세가 힘들고 곤란스러운 건 어쩔 수 없었지만 내가 우아하게 숨 쉬면서 수용하면 같은 포즈도 다르게 느껴졌다. 고통과 함께하는 방식을 터득하게 된 것이다. 그러다 보니 내 몸 안에 괴로운 감각이 있는 것도 바라볼 만해졌다.

생리통이 견딜 만하다고 느낀 건 그 이후였다. 괴로움이 완전히 사라진 것은 아니었는데, 아파죽겠다며 숨을 참고 울고 표정을 찡그리던 일이 전부였던 예전과는 분명 달랐다. 평소에는 생리 기간마다 증상이 없어질 때까지 감각을 예민하게 주시하면서 하루를 보냈었다. 그게 아니면 일부러 다른 생각을 해서 통증을 무시하려고 애썼다. 그런데 어려운 요가 동작을 할 때처럼, 생리 기간에도 곤란한 느낌을 부정하면 할수록 더 힘들다는 것을 깨달았다. 힘을 빼고 불편함과 함께 머물다 보면 조금씩 괜찮아진다는 사실을 알게 된 것이다. '어, 생리하네. 아프다. 고통이 느껴진다. 숨을 깊게 쉬어야겠다. 그럼 좀 나아지겠지' 이런 식으로 말이다. 받아들이는 방식만 바꿨을 뿐인데 몸은 전보다 훨씬 편해졌다.

몸에 힘을 뺀 것처럼, 마음의 긴장도 풀어내려고 노력했다. 특히 도움이 됐던 일은 느껴지는 통증을 내 생각대로 판단하지 않는 연습이었다. 예를 들면 '싫다. 찝찝하다. 피 보는 거 역겨워.' 이런 부정적인 평가를 최대한 안 하려고 했다. 그것만으로 기분이 한결 나아졌다. 한때는 이런 현상 자체를 긍정적으로 보고 싶어서 '생리는 여성만이 할 수 있는 성스러운 일' '월경은 신비로운 자연의 섭리'라고 표현한 말들을 마음에 새기려 한 적이 있었다. 그런데 긍정 또한 판단이기에 썩 좋은 방법은 아니었다. 몹시 아픈 날에는 그런 문장을 믿고 있던 나에게 배신감마저 들기 때문이다. 끝내는 '저 말은 생리통으로 아파 본 적 없는 사람이 지어 냈나 보다. 아니면 생리를 해본 적이 없거나.'라며 머릿속에서 지워버렸다. 어떤 평가든 안 하는 게 여러모로 정신건강에 좋았다.

그리고 가장 중요한 부분은 탓하지 않는 것이다. 어쩌면 생리를 할 때 힘든 점은 통증 자체보다도 나를 싫어하게 되는 일이다. 내가 여자인 거, 생리하는 거, 엄마 유전자를 물려받았다는 거, 내가 병약하고 못나게 태어나서 이렇게 됐다는 거. 그런 말도 안 되는 이유를 구실로 삼아서 내 상황을, 타인을 원망하지 않아야 한다. 여자로 태어난 이상 생리를 안 할 수는 없다. 포궁을 뗄 수도 없고, 엄마 조언대로 당장 애를 하나 낳을 수도 없는 일이다. 다시 태어나서 성별을 바꿀 수도 없다. 이런 일에 감정을 낭비하는 일은, 하늘에 달이 뜬다고 불만을 품는 것이나 다름없다. 달이 차고, 또 기우는 것은 누구의 잘못이 아니기에 그냥 그럴 땐 이렇게 말하고 바라본다.

"또 왔구나. 불편한 곳에 함께 있어보자 포궁아. 네 잘못도 내 잘못도 아니잖아."

오감
깨우기

살아있어도
죽어있는 기분이
드는 날에

(((((

    알츠하이머에 걸린 할머니가 차이콥스키의 〈백조의 호수〉를 듣자 춤을 추기 시작한다. 휠체어에 앉은 상태지만, 팔 동작과 시선 처리만큼은 우아한 백조처럼 아름답다. 할머니는 1960년대에 활동한 전직 발레리나였다. 잊은 줄 알았던 몸의 기억이 음악을 듣자마자 되살아난 것이다. 치매 환자들을 대상으로 음악치료를 하는 스페인의 자선단체 '뮤지카 파라 데스페르타르Música para Despertar'가 올린 이 동영상은 세계적으로 큰 화제가 되었다. 그 비디오 속에서 할머니의 표정이 바뀌는 순간을 나는 두 번 보았다. 한 번은 헤드폰에서 음악이 흘러나올 때, 다른 한 번은 춤추기를 잠시 망설이는 그녀에게 자원봉사자가 손등 키스를 해줄 때였다. 음악을 통해 청각이 자극되고, 응원을 담은 키스에 촉각이 반응하는 찰나 그녀의 몸이 다시 깨어난 것이다.

오감이 반응한다는 건 몸이 살아있다는 증거다. 그 감각들이 뭉툭해지는 날, 나는 살아있어도 죽어있는 기분을 느낀다. 예컨대 몸이 아픈 날은 뭘 먹어도 미각이 둔해지고 식욕이 사라진다. 코가 막혀 냄새를 제대로 맡지 못하는 날에는 아름다운 꽃향기에도 감흥이 없어진다. 귀와 눈을 통해 좋아하는 음악을 듣고 그림을 보는 일, 두 팔로 누군가를 안고, 손끝으로 고양이의 털을 만지는 일마저도 귀찮다. 그런 몸은 분명 건강하다고 할 수 없다. 이유는 시기마다 다양했지만, 당장 원인을 알 수 없을 때는 그저 내가 잊고 있던 감각을 다시 살리려고 노력해 본다. 무기력하고 무덤덤한 기분에 내 몸이 갇히지 않게 손과 발을 꼬물꼬물 움직이고 코를 벌렁거리고 눈을 껌뻑거린다. 다시 아름다운 몸짓으로 삶이라는 춤을 출 수 있도록. 다음은 몸의 감각을 되살리고 싶을 때 내가 하는 일들이다.

촉각 깨우기

갓 태어난 아기는 무엇이든 손을 뻗어 움켜쥐고는 존재를 확인한다. 시각이 아직 덜 발달한 탓에 피부의 감각을 사용해 세상을 보고, 느끼고, 다른 생명에게 자신을 연결하기 때문이다. 그런 의미에서 촉각은 살아있음을 가장 쉽게 느낄 수 있는 감각이라고 생각한다. 고로 무기력해서 침대에 누워 있고만 싶은 날에는 촉각을 이용해 젖먹이 아이가 된 마음으로 뭐든 만지고 느껴 보는 것이 좋다.

시작은 낮잠 자고 있는 고양이를 만지는 일이다. 손가락으로 턱도 쓰다듬어보고, 발가락으로 뱃살도 주무르면서 옆에 누운 생명에게 "안녕, 나 여기 있어!"하고 인사를 건넨다. 다음엔 내 몸을 만진다(보통은 이쯤에서 고양이가 도망가기 때문이다). 등을 대고 누워 눈을 감고 왼쪽 가슴에 손을 올려 심장이 쿵덕쿵덕 건강히 뛰는 것을 확인한다. 이 과정을 거치고 나면 "아, 나 아직 살아있네."하고 안도하게 된다. 그러고 나면 몸을 조금씩 움직이고 싶은 마음이 드는데, 그때 요가 자세 중 하나인 '해피 베이비'를 한다. 누워있는 아기가 자기 발가락을 잡고 좌우로 데굴데굴 구르는 모습을 본 딴 이 동작은 하는 순간 진짜로 신생아가 된 듯한 감정을 일으킨다. 그렇게 몇 분간 발을 들여다보고, 손과 발을 악수시키고, 조물조물 만져도 본다. 요가 수업 중에 이 자세를 시키고 "우리 모두 행복한 아기가 됐네요."라고 말하면 사람들이 갓 태어나 기쁜 아이처럼 다 꺄

르르 웃는다. 신기하게도.

밖에 나갈 수 있을 정도로 기운을 회복하고 나면 집 근처 공원
이나 낮은 산으로 가서 맨발로 걷는다. 발바닥을 통해 땅과 교감하
는 것이다. 발과 땅이 호흡이라는 리듬에 맞추어 끈적하게 연결되
다 보면 내 발이 나무의 뿌리가 된 것 같은 느낌이 든다. 그리고 뿌
리를 통해 무한히 에너지를 흡수하는 나무처럼, 나 역시 우주의 기
운을 듬뿍 받고 있다는 기분이 들어 든든해진다. 모든 생명의 뿌리
는 땅에 연결되어 있기 때문에 흙과 맞붙어 가까이 지낼수록 기운
이 나기 마련이다. 내 발밑 아래 언제든 나를 돕는 존재가 있다는
사실을 아는 것만으로도 그렇다.

후각으로 위로 받기

몹시 피곤한 하루를 보내는 바람에 위안이 필요한 날, 엄마가
즐겨 쓰던 화장품을 바르고 잔다. 엄마는 내가 초등학생일 때부터
늘 같은 브랜드의 한방 화장품을 썼는데, 그 에센스를 따라 사놓고
힐링이 필요한 날에만 꺼내 사용하는 것이다. 그렇게 엄마 냄새를
바르고 잠이 들면 어릴 적에 엄마가 나를 품에 안고 토닥토닥 잠을
재워주던 기억이 떠올라 컨디션이 좋아진다. 냄새는 추억과 연결

되어 있기 때문이다. 어릴 때 뒷동산에서 놀다 맡았던 풀과 나무 내음도 마찬가지다. 지금도 비에 젖은 소나무 향기를 맡을 때면 동네 친구들과 술래잡기하고 뛰어놀던 어린 시절의 즐거움이 고스란히 떠오른다. 퇴근하고 집에 돌아왔을 때 아빠가 끓여줬던 찌개 냄새는 상상하는 것만으로도 위로가 된다. 좋은 냄새에는 언제나 따스한 기억이 스며 있으니까.

명상과 요가 수련을 할 때에는 아로마 오일을 자주 사용한다. 회사에 다닐 때 늦은 퇴근을 하고 지친 마음 상태로 수련을 하러 갔는데, 선생님이 수업 전에 클라리세이지 에센셜 오일을 손목에 발라준 적이 있다. "부정적인 기운을 내보내 줄 거예요."라는 말과 함께. 유럽과 북미에서는 우울증 환자에게 처방되기도 한다는 세이지 향을 부드럽게 코로 들이마시는 순간 구겨진 마음이 활짝 펴지는 느낌이 들었다. 아로마의 과학적 효능은 익히 알고 있었지만, 몸으로 직접 체험하고 난 이후로는 기력이 쇠한 날 수련에 집중이 잘 안 되거나, 더 질 좋은 수련을 하고 싶을 때 아로마를 적극 활용하게 됐다. 아로마 오일은 성분마다 특징도 제각기 다른데, 그중에서도 내가 특히 좋아하는 나무 향은 호흡을 길게 할 수 있도록 도와주고 몸을 정화하는 효과가 있다. 향긋한 시트러스 계열의 오일은 무기력한 날 에너지를 끌어올려주고, 페퍼민트는 집중을 도와준다. 라벤더 오일은 몸을 안정시키고 이완하게 해줘 잠들기 전에 적격이다. 어떤 오일이든 후각을 깨워 숨 쉬다 보면 한결 몸이 가벼워진다. 또한 피부에 직접 바를 수 있는 아로마 블렌딩 바디 오일을 사용해 몸을 마사지해주면 촉각과 후각을 동시에 자극할 수도 있다.

미각 되살리기

몸이 무거울 때에는 입맛이 둔해진다. 반대로 입맛이 둔해지기 시작하면 몸도 무거워진다. 무엇이 먼저인지는 잘 모르겠다. 좌우간 음식을 가려 먹지 않고, 설상가상 술까지 매일 마시던 과거에는 미각이 한없이 무뎌져 자극적인 음식을 더 많이 찾게 됐다. 그러다 보니 다음번에는 전보다 더 자극적인 것을 먹게 되고, 양을 늘려 먹게 되는 악순환이 이어졌다. 매운 음식 먹은 뒤에 단 음식으로 속을 달래고, 너무 달아 느끼해진 속을 다시 짠 음식으로 채워주는 식으로 말이다. 그러다 보니 몸이 항상 부어 있었고, 얼굴에 트러블이 났고, 가끔은 그 트러블이 몸 전체에 퍼지면서 잠도 못 잘 지경이었다.

반성하며 자연에 가까운 음식을 먹기 시작했다. 원재료의 생김새를 알기 어려운 음식은 가급적 먹지 않았다. 여기에서부터 딸기

맛 과자, 바나나맛 우유 같은 가공식품은 걸러졌다. 또 손이 많이 가는 화려한 요리 역시 자연의 형태에서 멀어지기 때문에 가급적 지양했다. 그렇게 소박하고 밍밍한 음식들에 익숙해지다 보니 요즘엔 매운 거, 너무 단 거, 너무 짠 음식은 아예 안 먹게 됐다. 예전엔 이 음식이 어디에서, 어떻게 온 것인지도 모르고 무분별하게 먹었다. 요즘엔 내가 먹는 게 뭔지 알고 먹는 게 좋다. 당근의 달콤함, 생강의 매콤함, 딸기의 새콤함을 꼼꼼히 느껴 본다. 조미되지 않은 김에서는 바다의 짠맛이 난다. 그 맛을 오밀조밀 느낄수록 몸이 가벼워진다.

청각으로 충만해지기

외부 소음에 유난히 예민한 탓에 10대 때부터 이어폰을 끼고 살았다. 심지어 잠잘 때도 노래를 들으면서 잤으니까 샤워할 때 빼고는 귀를 쉬게 해 본 적이 없었다. 원치 않는 소리를 듣는 게 너무 싫어서 막아 보려고 그런 건데, 음악을 듣는다고 해서 소음이 완벽히 차단되는 것도 아니었기 때문에 날이 갈수록 점점 볼륨만 높아졌다. 그런 생활이 수년간 계속되다 보니 점차 생활 속의 작은 목소리들이 안 들리기 시작했다. 반대로 내 목소리는 갈수록 커졌다. "모든 순간이 음악이면, 진심으로 음악이 필요한 때에 그 소중함을 몰라." 나와 달리 목소리가 나긋한 친구가 음악은 집에서 정말 듣고 싶을 때에만 들으라고 조언했다. 지하철의 왁자지껄한 소리를 몽땅 뒤집어쓰고 방에서 고요히 좋은 노래를 들어보라나. 그 친구는 장마철 빗소리도 참 좋아했다. 그 말을 듣고 나니 내가 빗소리를 들어본 게 언제인지 기억나지 않았다. 그 아이 덕분에 이제 음악은 필요한 순간에만 꺼내 듣는다. 그리고 주변이 요란할수록 내 숨소리, 심장 소리에 귀를 기울이려 해본다. 그러면 어느새 헤드폰을 끼고 있는 것처럼 온 세상이 고요하게 느껴진다.

음악은 소음의 방어막이 아니라, 일상을 보다 다채롭게 만들어주는 도구였다. 이 사실을 알고 나서는 혼자 명상을 하거나, 수련 후 사바사나를 할 때에 꼭 음악을 사용한다. 노래를 들으며 이완했을 때, 감동을 느꼈거나 깊은 휴식을 경험했던 음악들은 따로 모아 두었다. 그 노래들을 내 수업에 들어온 분들에게도 매번 들려준다. 눈물을 펑펑 흘릴 만큼 좋았던 곡을 트는 날에는 "마지막에 트신 노래 너무 좋아요."하며 제목을 물어보러 오는 이들이 꼭 있다. 청각의 자극을 더할 때 감동은 극대화되고 수련의 경험은 더 충만해지는 것이다. 인요가 수업을 할 때 주로 사용하는 싱잉볼도 마찬가지다. 몸과 마음이 충분히 이완된 상태에서 그 울림을 들으면 기분이 좋아진다. 반대로 긴장하거나 불편한 상황에서는 아무리 맑은 소리도 불쾌하게 들린다. 상황에 따라 매일 달라지는 이 소리를 듣고 자신을 관찰하는 행위 자체가 명상이라고 생각한다. 여느 때처럼 싱잉볼을 곁들인 수업을 마친 뒤 어느 수련생에게 메시지가 왔다. "동작 끝날 즈음마다 쳐주시던 종소리가 제겐 유독 더 깊은 울림으로 들리더군요." 한 시간 동안 치열히 몸을 수련하고, 기분 좋은 성취감과 감사함을 느끼는 사람만이 얻을 수 있는 청각적 감동이었다.

시각의 피로 덜기

지난 연말 매일 10시간 이상 화면 앞에 앉아 이 책의 원고를 쓰고 있었다. 눈이 피로한 것이 당연했을 테지만 시각이 둔감 해진 탓에 잘 몰랐다. 마침 코로나19 때문에 외출도 거의 하지 못해서 자연을 멀리 내다볼 기회도 적어졌다. 결국 난생처음 눈에 실핏줄이 터졌다. 눈도 비명을 지를 수 있다는 것을 그때 알았다. 현대인의 시각은 과사용 되어 둔해진 것이 분명하다. 때문에 역설적이게도 시각을 되살리기 위한 방법은 차라리 덜 쓰는 일이었다. 좋아하는 노래 중에 Peter Broderick의 〈Eyes Closed and Traveling(눈을 감고 여행 하라)〉이라는 곡이 있다. 4분이 채 안 되는 그 노래를 들으면서 하루에 한 번씩 책상 앞에서 가만히 눈을 감았다. 시각에 대부분을 의존하는 삶을 살면서 눈을 감고 다른 감각으로 세상을 보는 방식은 낯설다. 하지만 오감에도 균형을 맞춘다면 어떤 식으로든 눈을 쉬게 해주는 일이 당연할 것이다. 어쩔 수 없이 무언가를 계속 들여다봐야 하는 날엔 아주 잠깐이라도 눈을 감자.

초등학교 때, 동네 뒷산으로 소풍을 갔다. 평소에도 자주 놀러 가는 산으로 나들이를 간 것에 학급 친구들 모두가 불만이었다. 그때 선생님이 우리에게 산 중턱에 등을 대고 누워서 눈을 감아보라고 지시했다. 1분 정도 흘렀을까. 선생님은 "이제 눈 떠봐, 얘들아."라고 말했고, 눈을 뜬 우리는 마치 파란 하늘을 처음 보는 사람들처럼 "우와아아~~"하고 탄성을 질렀다. 놀이공원에 가지 못한 아쉬움도 다 날아가 버렸다. 수십 년 전의 일이지만 아직도 그때의 하늘빛을 생생히 기억할 수 있다. 명상을 마치고 아주 서서히 눈을 뜰 때에도 비슷한 마음이 든다. 감았던 눈을 조금씩 뜨며 손끝이나 손바닥을 먼저 본다. 그리고 주변으로 천천히 시야를 확장한다. 모든 풍경을 난생처음 목격한 사람이 된 기분이 들 때, 나는 살아있음을 느낀다.

7장

집은 정돈되어 있는가

어디든
케렌시아

일상에서
쉴 공간 찾기

◯◯◯◯◯

아침에 일어나면 침실에서 빠져나오자마자 카페로 간다. 카페의 이름은 '현자커피'. 내가 좋아하는 커피와 음악이 있는 멋진 공간이다. 미닫이문을 열고 카페에 들어가면 커다란 원목 테이블과 탁 트인 창문이 한눈에 들어온다. 벽에는 내가 아끼는 사진과 그림이 걸려있고, 그 아래는 식물들이 예쁜 화분에 담겨있다. 핸드드립 커피를 즐기는 나는 내 취향의 원두를 종류별로 구비해 둔 이곳에서 매일 커피를 마신다. 내가 좋아하는 것만 가득한 '취향저격' 카페가 엎어지면 코 닿을 곳에 있어서 얼마나 좋은지 모른다. 그것도 잠옷을 입은 채로 갈 수 있다니 이런 행운도 없다. 사실 그럴 수 있는 것은 여기가 우리 집 거실이기 때문이다. 집에서도 카페처럼 커피를 마시고 음악을 즐기고 싶어 방을 꾸미고 이름을 붙인 것이 지금의 현자커피가 되었다. 이곳은 사장도, 손님도 전부 나다. 영업 시작을 알리듯 날씨에 어울리는 음악을 선곡하고 나면 정성스레 커피를 내려 빈티지 커피잔에 담아낸다. '커피를 마시면 현자가 된다'는 현자커피의 의미대로 나를 지혜롭게 만들어줄 커피를 음미할 때마다 정신이 맑아지고 기분은 상쾌해진다.

커피를 마시는 자리에서 세 걸음만 옆으로 옮겨 앉으면 묵묵히 책을 읽을 수 있는 '묵묵서점'으로 갈 수 있다. 이곳은 내가 좋아하는 책들이 가득 모아져있고, 그중 한편에는 내가 특별히 애정 하는 작가들의 작품들이 순서대로 모아져 있는 코너가 있다. 맨 위에는 백석과 기형도, 김승옥, 나쓰메 소세키, 다자이 오사무, 헤르만 헤세, 무라카미 하루키가 있고, 그 아래 칸에는 니체의 글, 김사인의 시, 법정 스님의 말, 유계영 시인이 쓴 산문이 자리 잡고 있다. 움베르토 에코의 소설과 호시 요리코의 만화책은 그 순서대로 좋기 때문에 어색하게 붙어있는데, 이것이 그 어느 서점에서도 볼 수 없는 나만의 '애정 분류법'이다. 이렇게 정리해 둔 책들은 언제 어떤 부분을 보든지 사랑스럽단 특징이 있다.

현자커피와 묵묵서점은 프리랜서 요가강사가 되면서부터 내가 가장 오랜 시간을 보내는 취미공간이자 쉼터다. 여기저기 돌아다니며 일하는 직업의 특성상 휴식시간에는 집에 머물기를 선호하게 되었는데, 현자커피를 만들고 나서는 굳이 카페나 서점에 가지 않아도 안락한 기분을 낼 수 있게 됐다. 또 커피를 마시다 책도 보고, 배고프면 밥도 먹는 여러 가지 일을 동시에 하는 게 좋아서 아무래도 남의 가게보다는 집에 있는 것이 맘도 편하다. 그렇게 소소한 일들을 하며 시간을 보내다 보면 힘든 하루를 보낸 날에도 에너지가 충전된다. 나에게는 이곳이 나만의 케렌시아(안식처)인 셈이다.

나는 이렇게 나만의 공간에서 작은 행복을 느끼며 살아가고 있다. 그리고 많은 이들이 자신만의 공간을 갖길 바라며 이 글을 쓰는 중이다. 하지만 다양한 이유로 개인적인 공간을 만들 수 없는 상황에서 보자면 "뭐야, 꼭 이런 공간이 있어야만 휴식을 할 수 있다는 거야?"라고 물을 수도 있을 테고, 분명 그것도 일리가 있는 물음이라고 생각한다. 그런데 사실만 따져 놓고 보자면 나의 케렌시아도 남들 앞에 자랑할 만큼 대단한 공간이 아닐뿐더러 큰돈을 들여 만든 것도 아니다. 공간의 기능만 따져 보더라도, 이곳은 원래 TV와 소파, 각종 수납장을 두어야 하는 집의 거실이다. 집이 넓지 않아 카페 공간과 거실 중 택일해야 했기에 수납과 가전도구를 모두 포기하고 지금의 방을 만들었다. 벽에 붙여둔 작품들도 포스터나

엽서들이 대부분이다. 아끼는 앙드레 케르테츠의 사진마저 버젓한 액자도 없이 오랜 시간 벽에 붙여둔 바람에 끄트머리가 너덜너덜해진 지 오래다. 사진들을 벽에 채우기 시작한 이유도 전에 살던 세입자가 쓰던 벽지를 그대로 사용하면서 낙서나 찢어진 부분을 가리기 위해서였다. 도배를 새로 하면 될 일이었지만, 그 돈으로 마음에 쏙 드는 나무 테이블을 사느라 그냥 입주했다. 결과적으로 이곳은 나에게 좋은 쉼터이지만 모든 것이 완벽한 공간은 아니다. 그럼에도 불구하고 어떤 환경에서 살고 있든 나만의 쉴 곳을 만드는 게 중요하다고 믿는다. 예전에는 비싸고 넓은 집에 살거나 그럴 만한 여유가 있어야만 안식처를 만들 수 있다고 느꼈지만, 일전에 어떤 사건을 기회로 그런 생각은 완전히 바뀌었기 때문이다.

계기라는 것은 2014년쯤 내가 직장을 다니며 아빠의 작은 아파트에 잠깐 얹혀살게 되면서 일어난 일이다. 아빠, 강아지, 고양이가 살기에는 넉넉한 평수였지만, 갑작스레 내가 함께 살게 되면서 집은 무척 좁게 느껴졌다. 그중에서도 내방은 싱글 침대 하나를 두었더니 꽉 차는 정도로 너무 작았다. 거기에 욕심부려 꾸역꾸역 옷장과 행거까지 들여놓는 바람에 서있을 공간조차 거의 없었다. 그렇게 쌓아둔 짐 때문에 방에 있으면 몸 둘 곳이 없어 침대에만 꼼짝없이 누워있었다. 그러면서 SNS에 올라오는 남의 집 인테리어 사진이나 잘 차려 놓은 자취방 사진을 구경하는 게 내 취미였다. '나도 이런 곳에 살고 싶다.' '기회가 된다면 이렇게 해놓고 살고 싶다.'하며 다른 사람들을 부러워하는 건 덤이었다. 그것 말고는 특별히 그 공간에서 하는 일이 별로 없었다. 퇴근 후 요가를 하고 집에 돌아오면 밖으로 나가 강아지 산책 시키는 게 전부였으니 말이다.

어느 날도 평소처럼 강아지와 아파트 뒷길을 산책하는데, 우연히 내 시선을 한눈에 사로잡는 예쁜 집을 보았다. 그 집은 마치 영화 〈마담 프루스트의 비밀 정원〉에 나오는 아파트처럼 여러 가지 꽃들과 풀, 나무로 뒤덮여 신비롭고 몽환적인 분위기를 풍겼다. 단독 주택도 아니었고 우리 집과 똑같은 복도식 아파트 1층 중 한 칸에 불과했는데도, 베란다 문을 열면 연결되는 아파트 아래쪽 화단까지 풍성하게 식물을 가꾸어 둔 모습은 확실히 여느 집과는 다른 모습이었다. 그곳에 누가 살고 있는지는 모르지만, 마음이 따뜻하고 행복한 집주인이 살고 있을 것만 같았다. 어떤 사람이 사느냐에 따라 집의 공백을 채우는 온기와 생기가 달라진다는 것을 그 집을 보며 실감했다.

그 공간이 좁든, 오래되었든 그런 건 전혀 상관없었던 것이다. 그런데도 나는 그 집과 동일한 조건을 갖고도 가꾸기는커녕 불평만 했었다. 그렇게 생각하고 나니 나도 마담프루스트 할머니처럼 주변을 아름답게 꾸미며 사는 사람이 되고 싶어졌다. 당장 가질 수도 없는 인터넷 속 넓고 큰 집들 말고, 지금 내가 사는 작은 공간을 잘 차려보고 싶단 생각이 처음으로 들었다. 그 길로 마트에서 파는 이천 원짜리 작은 허브 화분을 두 개 사서 우리 집 베란다 한구석에 두고 기르기 시작했다. 또 방에 있는 옷 절반 정도를 처분해 행거를 없앴다. 여유가 생긴 공간에 요가 매트를 깔아 나만의 쉼터도 만들었다. 그래도 공간이 남아 강아지와 고양이의 휴식처까지 마련했다. 아빠는 내가 사 온 식물이 잘 자란다면서 베란다에 나가 담배를 피울 때마다 구경했다. 특별한 것이 아닌데도 가족 모두가 좋아하는 모습을 보면서 어디서 누구와 어떻게 살아가든 이런 공간을 만들어 즐겁고 우아하게 살아야겠다고 다짐하게 됐다.

무라카미 하루키는 본인의 저서 《직업으로서의 소설가》에서 대학 졸업 전 결혼을 하고 빚을 내어 바를 운영했던 가난한 젊은 시절을 변함없는 기쁨이었다고 회상한다. 하루키의 케렌시아는 독서와 음악이었다. 한겨울 보일러도 틀지 못해 고양이를 끌어안고 자는 와중에도 그는 그 기쁨을 잃지 않고 끝내 소설가로 데뷔했다. 하루키가 음악을 감상했던 가게는 빚으로 지어진 곳이었고, 심한 욕을 하는 손님들도 많아 그의 말대로 그곳이 '사회를 배웠다'는 장소임을 상기해 본다면 케렌시아를 만드는 데에 좋고 나쁜 조건은 없는 듯하다. 혹시라도 자신에게는 케렌시아를 만들 만한 여력이 없다고 느끼고 있다면, 사무실 한편을 휴식처로 꾸미거나 신발장 위에 식물 두어 개를 놓아 보는 작은 일들부터 시작해보면 좋겠다. 또 상황에 따라서는 집과 직장이 아닌 퇴근길 동네 맥줏집이나 나만의 단골 카페에서도 심리적 위안을 얻을 수 있을 것이고, 하루키가 음악과 독서를 즐겼던 것처럼 물리적 공간이 아닌 행위 자체가 '제3의 공간'으로서 행복을 찾을 수 있는 케렌시아가 될 수도 있을 거라 생각한다.

'투우사와의 싸움 중에 소가 잠시 쉬면서 숨을 고르는 영역'을 뜻하는 케렌시아는 실제로 경기장 안에 확실히 정해진 공간이 아니다. 소가 본능적으로 자신의 피난처로 삼는 곳이 바로 케렌시아이기 때문이다. 그러니 우리는 언제 어디서든 나만의 케렌시아를 만들 수 있다. 내면의 평화를 찾기 위한 본능적인 움직임으로.

3부

루틴에서 가장 중요한 것은 '나'입니다

각자의
그릇

모든 변수를 고려해서
내가 할 수 있는 일

〔〔〔〔

배우 위노나 라이더가 나오는 영화 〈지상의 밤〉을 좋아한다. 열아홉 살 앳된 얼굴의 그녀가 줄담배를 피우며 거칠게 차를 모는 LA의 택시 운전사로 나오는데, 우연히 그 택시에 할리우드의 캐스팅 디렉터가 타면서 그녀에게 "배우가 되지 않겠냐"라고 제안하는 내용이다. 캐스팅 매니저는 택시 운전으로 돈을 모아 훗날 정비공이 되고 싶다고 말하는 (매니저의 눈에는 미래가 전혀 없어 보이는) 그 소녀가 자신의 제안을 띌 듯이 기뻐하며 받아들일 것이라고 예상하지만, 소녀는 오래 씹어 다 늘어진 풍선껌을 태연히 부풀리며 이렇게 거절한다.

"그건 저한테 현실적인 제안이 아니에요. 물론 영화에 출연하고 싶어 하는 여자애들은 많겠죠. 그런데 저는 계획이 다 있어요. 모든 게 잘 진행되고 있고요. 제안해 주신 것보다는 제 계획이 더 나은 것 같네요."

그녀는 그 말을 끝으로 언제 고장 날지 모르는 낡은 택시를 타고 다시 길 위로 떠난다. 대저택 앞에 홀로 남겨진 매니저는 멀어지는 차를 멍하니 바라보다 쉴 틈 없이 울리는 휴대폰 벨 소리에 나지막이 욕을 뱉고 집으로 들어간다. 누가 보더라도 더 멋지게 자기 인생을 살고 있는 사람은 택시를 몰고 떠나간 쪽이었다. 그 장면을 처음 보았던 스물다섯 살의 나는 그녀의 쿨한 모습에 홀딱 반해버렸다. 많은 사람들이 선망하는 직업, 거기에 딸려오는 부와 명예를 누릴 기회를 단칼에 고사할 수 있는 그녀가 정말로 멋져 보였기 때문이다. 그건 자기가 할 수 있는 일과 해야 하는 일이 무엇인지 정확히 알고 있는 자만이 할 수 있는 행동이었으니까. 내가 그녀였다면 어떤 소신이 있어 사양하기보단 내가 배우를 하면 안 되는 100가지 이유를 찾아서 도리질치는 식이었을 거다.

"제가요? 진심이세요? 저 같은 게 무슨⋯ 절대 못해요. 저는 연기도 못하고, 얼굴도 안 예쁘고, 암기력도 딸리고, 그런 거 해본 적도 없고, 내성적이고⋯."

나는 어릴 때부터 내 깜냥을 스스로 재단하는 편이었다. 확고한 신념을 근거로 그랬다기보단 일시적인 감정이나 다른 사람과의 비교에 따르는 식이었다. 학창 시절 가야금을 연주하며 예술고등학교 진학을 희망한 적이 있었는데, 예고에 갈 정도는 아닌 것 같아서 입학시험을 쳐보지도 않고 포기한 적도 있다. 예고 진학을 꿈꾸는 친구들은 대부분 뛰어난 실력이 있었고, 거기에 비하면 내 연주는 특출나지가 않아서 단념한 것이다. 개중에는 나보다 먼저 가야금을 시작한 친구들도 있었기에 연주력이 차이 나는 건 당연할 수도 있고, 아직 어린 나이였던 만큼 기본기를 더 쌓고 개성을 살렸다면 나 역시 원하는 학교에 입학했을지도 모른다. 그런데도 잘하는 친구들에게만 주목하고 있다가 "아, 이런 상태로는 가망이 없어." 하고 그만두어버렸다.

왜 이런 사람이 됐을까. 기억을 거슬러 올라가 보면 조금 더 어릴 적 일화가 떠오른다. 엄마에게 선물할 요량으로 오빠와 함께 그림을 그렸는데, 오빠의 그림을 먼저 본 엄마가 기뻐하는 모습을 보고는 내 그림을 방으로 들고 들어가 엄마가 보기 전에 북북 찢어버렸다. 그때 나는 고작 여섯 살이고, 오빠는 다섯 살이나 더 많은데다가 훗날 미대에 갈 정도로 그림을 잘 그렸는데, 그런 오빠와 나를 단순 비교하면서 "난 왜 오빠처럼 못 그리지?" 하면서 토라져 그림을 망쳐버렸다. 매사 그런 식이었다. 늘 남과 나의 그릇을 비교하고, 내가 가진 것이 더 작다는 사실을 확인했으며, 그로 인해 상처받으면서 내 그릇을 다 완성하기도 전에 깨트리기를 반복했다. 완성하면 부족할 걸 뻔히 아니까. 내 기준에 완벽하지 않은 완성품이 될 것이 두려워서 누가 보기도 전에 냉큼 깨버렸다. 불행하게도, 그게 나를 괴롭히는 일인 줄을 몰랐다. 오히려 '나는 나를 너무 잘 알아. 나를 객관적으로 안다는 건 현실적인 거야. 이건 아무나 가질 수 없는 좋은 능력이야.'라고 착각했다. 근데 살아보니 그게 아니었다. 인생의 길을 선택하고 책임을 져야 하는 순간들마다, 해야 하는 일이 무엇인지도 모르면서 나를 알기만 한다는 데서 오는 괴리감은 매 순간 나를 옴짝달싹 못하게 만들 정도로 고통스럽게 했다.

"멋지게 살아가는 사람들은 나와는 아예 차원이 다른 그릇을 타고난 것 같아. 나는 왜 저 사람이 하는 것처럼 똑같이 할 수 없을까? 아마 평생 따라잡을 수 없을지도 몰라. 내 그릇은 저 사람보다 훨씬 작으니까."

요가 강사가 된 이후에도 이런 푸념을 달고 살았었다. 그때마다 친구들은 나를 달래려고 이런저런 말을 해주곤 했다. "너도 잘하면서 왜 그래." "너도 그렇게 될 수 있어." "아니야 너도 잘해. 괜찮아." 딴에는 나를 위로하려 한 말들. 그런데 아무리 점수를 후하게 주려고 노력해봐도 그럴 수 없었다. 왜냐하면 아무리 생각해봐도 다른 유능한 이들에 비하면 나는 모자라도 한참 모자란 사람 같았기 때문이다. 그래서 그런 말을 들을 때마다 더 스트레스를 받았다. 내가 잘한다고 말하는 사람들은 '나를 전혀 모르는 게 아닐까' 하는 생각이 절반, 반대로 '내가 잘하는 사람처럼 포장되어 있는 건가. 그럼 내가 사기꾼인가?' 하는 생각이 절반씩 들었다. 그러는 사이 나는 점점 위축되고 자신감이 없어졌다. 좋아하는 일을 하고 있으면서도 하루 종일 신경이 날카로웠다. 근데 어느 날 한 친구는 완전히 결이 다른 이야기를 해줬다.

"물론 재능 있고 그릇이 큰 사람들을 보면 멋지고, 부러운 게 당연하지. 그런데 내가 너랑 친구인 건, 네가 그들처럼 그릇이 크거나 능력이 좋은 사람이어서가 아니거든. 네가 말하는 그들이 큰 백자나 청자 도자기라면, 넌 작고 아름다운 색감들이 모자이크처럼 이어진 찻잔이라고 생각했어. 거기에 네 매력이 있는 거지."

친구는 대놓고 내 그릇이 작은 거라고 얘기하고 있었다. 그런데 이 말을 듣고는 이상하게도 전혀 짜증이 나지 않았다. "네 그릇도 그럴싸해."라는 말보다 백배는 좋았다. 돌이켜보니 여태껏 내 그릇이 어떻게 생겼는지 이해하지 못하고 살고 있었다. 내가 아기자기한 찻잔인 것을 모르고 남들이 자기 그릇에 담는 방대한 내용

물만 보고 내 그릇엔 왜 담지 못하냐고 찡찡대고 있었던 거다. 그냥 완전히 다른 종류의 그릇일 뿐이었는데도 말이다. 그것도 파악하지 못한 채로 어릴 적부터 지금껏 나를 미워하며 살아왔다니 내 인생을 품고 있는 작은 그릇에게 미안한 감정이 올라왔다.

낡은 찻잔에 차를 담아 마시던 어느 날, 나는 친구의 말과 나의 '다르마'를 동시에 떠올렸다. 다르마는 인도철학에 나오는 주요 개념 중 하나인데, 일반적으로 '윤리적으로 사는 것' '의무대로 사는 것'이라고 해석할 수 있다. 예컨대, '이 세상에서 나의 역할은 무엇인지?' '인류 평화에 기여하려면 내가 무엇을 해야 하는지?' 자문하는 일이 다르마를 수행하는 길인 셈이다. 찻잔의 역할은 차를 담는 것이고, 21세기 고려청자의 의무는 국보로서 박물관에 전시되는 일일 거다. 둘은 서로를 갈망할 필요가 없으며, 역할을 억지로 바꿔서 더 가지거나 덜 가질 필요도 없다. 그저 자신의 일을 묵묵히 해나갈 때 비로소 청자도, 백자도, 찻잔도 제 몫을 할 수 있는 것이니 말이다.

"모든 변수를 고려해 볼 때 당신이 자신과 사회에 가장 크게 공헌할 수 있는 일은 무엇인가?" 스리다이바 요가의 창시자인 존 프렌드는 '다르마'를 설명하며 이런 질문을 했다. 곰곰이 생각해 봐도 할리우드 배우나 유명 음악가, 모두의 존경을 받는 요가 마스터의 길은 지금 나에게 전혀 어울리지 않는 의무인 것 같다. '모든 변수를 고려해 볼 때' 할 수 있는 선에서 최선을 다해 요가를 수련하고 나누는 일이 지금 나의 다르마가 아닐까. 그렇게 생각하니 내 안의 작고 아름다운 찻잔도 제 일을 하고 있는 것 같아 마음이 채워졌다.

차나
한 잔

아무것도 몰라도
그냥 한 잔

◯◯◯◯

어릴 적 할아버지 댁에 가면 식전, 식후로 두 차례 할아버지가 내려주시는 녹차를 마셨다. 정갈한 다구세트 앞에서 할아버지가 조용히 차를 내리는 모습이 어린 두 눈에도 흥미로워 눈을 떼지 못했던 기억이 난다. 녹차가 우려질 때 은은하게 풍기는 향은 거실을 가득 채웠고, 작은 찻잔 안에 담긴 맑은 녹색 물빛은 차 맛에 대한 기대감을 한껏 부풀렸다. 달콤한 향기와 달리 할아버지의 녹차는 항상 진하고 떫어서 가끔 인상을 푹 쓰게 만들기도 했지만, 나는 매번 두 잔을 꽉꽉 채워 내리 마셨다. 차에 대한 첫 기억은 그렇게 시작한다.

습관처럼 차를 즐기시던 할아버지는 '녹차를 물보다 많이 마신다'는 어느 장수마을 사람들만큼이나 오래 살다 돌아가셨다. 여든이 넘어 큰 수술을 하신 적이 있는데, 장기가 너무 깨끗해 의사들이 다 놀랐다고 한다. 자연식 위주로 챙겨드신 이유도 있었겠지만, 식구들은 입을 모아 "녹차를 매일 드시니까"라고 말했다. 할아버지의 녹차 사랑은 그만큼 유별났다. 어두운 방안, 스탠드 불빛 아래 책과 함께 차를 드시던 할아버지의 모습이 아직도 내 추억 속에 있다. 그런 할아버지를 보며 언젠간 나도 나만의 티타임을 취하는 어른이 되고 싶었다.

그랬던 할아버지께서 돌아가시기 몇 년 전부터는 기력이 쇠해져 더 이상 녹차를 직접 우리지 않으셨다. 자연스레 가족들이 한자리에서 차를 나눠마시는 기회도 점차 줄었다. 그렇게 세월이 흐르면서 할아버지의 녹차를 서서히 잊게 되었다. 하루하루가 바쁜 어른이 되면서부터는 시간 들여 차를 내리듯 귀찮고 번거로운 일들은 가급적 피해 살고 싶었으니 일부러 더 빨리 까먹은 건지도 모르겠다. 그리고 차라고는 티백에 담긴 현미녹차와 둥굴레차밖에 모르는 어른이 되고 말았다.

차에 대한 기억이 다시 깨어난 것은 요가 수업을 진행하고 있는 복합문화 공간 '다이브인'에서 수련이 끝나고 회원들과의 차담을 진행하면서부터다. 차담을 처음 제안한 팀장님은 원래도 차에 관심이 많았지만, 손님들에게 내려줄 차를 위해 공부에 몰입하더니 그날의 분위기에 어울리는 차와 지식을 함께 내어주는 차 큐레이터가 되었다. 그 모습을 2년 가까이 백 번도 넘게 목격한 나 역시 풍월 읊는 서당개처럼 차의 때깔과 맛을 구분할 줄 아는 정도는 되었다. 겉핥기식으로나마 차에 대한 견문을 넓혀가며 깨달은 것 중 하나는 좋은 녹차는 과하게 쓰거나 떫지 않다는 사실이었다.

그때부터 맑고 여린 맛이 전해지는 좋은 품질의 녹차와 황차, 백차를 사 모으게 됐고 난생처음 다구도 구매했다. 차 도구로 하나둘 찻상이 채워질 때마다 할아버지처럼 차를 내리는 어른이 된 것 같아 기뻤다. 그런데 생각과는 달리 나날이 차를 마시는 일은 습관이 되기 어려웠다. 정성 들여 찻잔을 데우고, 끓는 물을 대접에 옮겨 담아 식히고, 다관(차를 우려내는 주전자)에서 차가 우러나길 기다리는 일련의 과정을 매일의 의식으로 삼기엔 어딘가 부담스러웠던 까닭이다. 그 와중에 비싼 다구가 깨질까, 귀한 찻잎을 버릴까 노심초사하며 내린 차는 고생에 비하면 그다지 맛있지도 않았다. 결국 집에서 티타임을 즐기는 일은 점점 줄었다.

"할아버지처럼 되기 위해 모든 구색을 갖추어 놓았는데, 왜 나는 일상처럼 차를 누리지 못할까?" 방치된 차 도구들을 보며 할아버지가 내려준 유난히 떫었던 녹차를 다시 떠올렸다. 때로는 그 쓴 맛이 너무 강해 다 마시지 못한 찻잔을 서로에게 떠넘기기도 했던 그 녹차를 말이다. 반추해보면 할아버지는 식구들에게 이런저런 말씀을 하시느라 언제나 꽤 오랜 시간 차를 우렸다. 찻잎을 넣은 다관에 식히지도 않은 뜨거운 물을 푹 담가두신 경우도 있었다. 할아버지가 차 내리던 일을 이제 와 내가 아는 방식과 견주어보니, 뭐든 생략되어 있고 간소했다는 걸 알았다. 순서를 하나둘 건너뛰기는 예사였고, 다구 몇 개가 빠져있는 순간에도 차는 만들어졌다. 그날 그날 할아버지 기분대로, 단순히 할아버지 마음 따라 맛도 달라졌던 것이다.

그때의 내가 할아버지의 차를 좋아했던 건 다도를 잘 지켜 내려졌기 때문도 아니고, 좋은 찻잎을 써서도 아니었다. 그저 온전히 차 내리는 순간을 만끽하는 할아버지가 멋졌던 것이다. 무심히, 하지만 늘 애정으로 차를 대하는 태도를 닮고 싶었던 거다. 가끔은 무아에 이른 사람처럼 고요하게 찻잔을 응시하던 할아버지의 그 분위기까지 전부. 좋은 차를 몇 번 선물해 드렸는데도 불구하고 항상 드시던 저렴한 가격의 찻잎만 찾으셨던 할아버지가 기억났다. 할아버지에게 차 마시는 시간은 단순히 차 맛을 따지는 시간은 아니었으리라. 가족들과 이야기를 나누고, 때로는 본인의 생각에 빠져 오롯이 당신만의 차와 시간을 향유하는 건강한 습관에 가깝지 않았을까. 그걸 알고 나니 '이것보다 더 멋진 다구를 사야지' '지금은 바쁘니까, 한가로울 때 제대로 내려 마셔야지.' 하며 완벽한 차를 마실 조건과 환경을 끊임없이 재고 있을 필요가 없단 걸 알게 됐다. 그러다간 차 한 잔의 여유를 평생 느껴보지 못 할 테니까. "조건 따지지 말고 나만의 차를 마셔야겠다!" 할아버지의 녹차를 회상하고 남은 결론은 그것이었다.

다시 시작하는 마음으로 손쉽게 구할 수 있는 보리차와 루이보스차부터 내 맘대로 우려 물처럼 마셔보기로 했다. 차의 품질을 따지기보다는 그때그때 마시기 좋은 적당한 제품을 골라 다구도 없이 큰 머그컵에 내 맘대로 우렸다. 이 편리함 덕분에 따뜻한 차를 수시로 마실 수 있었고, 찬물만 마시면 탈이 나던 과거와 달리 더 많은 수분을 힘들이지 않고 섭취할 수 있었다. 그렇게 차 마시기가 익숙해지면서 기분전환이 필요하거나 배고플 때에도 차를 찾는 습관을 들였다. 몸이든 마음이든 균형이 맞지 않고 불안할 때마다 그 공허함을 음식이나 술로 채우곤 했는데, 나에게 맞는 차를 마시고 나서부터는 놀랍게도 결핍에서 오는 허전함이 싹 사라지는 것이 느껴졌다. 특히 건강을 위해 간헐적 단식을 하는 동안, 차를 마시면 속이 든든해져 지속적으로 공복 시간을 지키는 데에 큰 힘이 됐다. 꼭 먹어야 하는 순간이 아니면 음식 대신 차를 마시는 것만으로도 허기를 채우는 데 충분했기 때문이다. 이제는 일부러 단식을 한다기보다는 배고플 때 먹고, 속을 비울 시간에는 차의 도움을 받으면서 자유로운 단식 생활을 만끽하고 있다.

차 마시는 습관의 최고 장점은 체질을 고려해 나에게 맞는 맞춤 차를 선택할 수 있다는 점이다. 몸의 약한 부분을 보완할 수 있는 재료를 선택해 차로 우려내 마시면 부족했던 에너지를 충전할 수 있다. 속이 심하게 냉한 체질인 나는 쑥, 생강, 계피, 당귀 등 따뜻한 성질의 재료들을 한 번에 달여 마시면서 모자란 열을 보충한다. 한겨울에 옷을 단단히 챙겨 입고 이 차를 마신 뒤에 집 밖을 나서면 영하의 추위도 잊을 수 있다. 외출 중에는 텀블러에 담아 수시로 마시면서 냉기를 없애려 노력한다. 억지로 마시지 않아도 지금껏 꾸준히 차를 찾게 되는 이유이기도 하다. 차 한 잔으로 몸을 단번에 바꿀 수는 없겠지만, 컨디션이 좋지 않을 때마다 따뜻한 차는 나의 믿음직한 조력자가 되어 주고 있다.

어느새 나는 할아버지처럼 어두운 방 안 스탠드 불빛 아래에서 독서와 차를 곁들이는 어른이 되었다. 차를 우리는 도구는 할아버지 것보다도 훨씬 단출하여 차를 내리는 거름망 하나, 마트에서 오천 원 주고 산 비커 하나가 전부다. 도구는 간소해졌지만, 차 마시는 일에는 전보다 더 정이 들었다. 그러고 나니 흥미를 잃었던 다도에도 다시금 관심이 일었다. 하루의 일과처럼 손쉽게 차를 즐기되, 차의 예법도 존중하고 공부하면서 나의 차 생활은 더없이 풍족해졌다. 그래도 무엇이든 내 것으로 즐기면 그만이지, 복잡하게 생각할 필요 없다는 입장에는 변함이 없다. 잘 몰라도 그냥 내리면 된다. 그리고 맛있게 나만의 차를 마신다.

불행하지 않으면
행복인 거지

내가 가질 수 있는
최소한의 행복에 대하여

○○○○○

행복을 정의해 본 적 없던 어린 시절의 일이다. 방 안에 있던 엄마의 울음소리가 들렸다. 나는 거실에서 세일러문인지 웨딩피치인지 만화영화를 보고 있다가 깜짝 놀라서 안방으로 달려갔다. 엄마는 침대 위에 앉아서 슬픈 표정으로 울고 있었다.

"엄마, 왜 울어?"

"아무것도 아니야. 잠깐 슬퍼서 울었어."

"뭐가 슬픈데?"

고작 열 살. 어른의 슬픔을 알 만한 나이가 아니었다. 엄마는 심경을 토로하는 대신 아무 말 없이 나를 끌어안았다. 나는 평소 포옹하는 걸 아주 싫어했지만, 엄마를 위로해 주고 싶어서 가만히 있던 기억이 난다.

"…우리 딸이 있어서 그래도 엄마는 행복해."

울먹이는 표정으로 행복하다고 말하는 엄마의 마음은 어쩐지 앞뒤가 맞지 않았다. 눈물 때문에 뜨거워진 엄마의 품에서 '행복'이란 단어를 몇 번이나 곱새겨도 아리송했다. '기쁘면 기쁜 것이고, 슬프면 슬픈 것이지. 슬픈데 행복하다는 것은 결국 슬프다는 얘기일까? 행복과 슬픔은 같은 말일까? 행복은 참 알쏭달쏭한 것이구나.' 알쏭달쏭하고 애매모호하고 흐릿하고 불분명한 것. 그것이 내가 태어나 처음 마주한 행복의 모습이었다.

'행복'이라는 단어와 그날 보았던 엄마의 표정은 언제든 겹쳐 보이는 바람에 나는 자라면서 '행복하다'는 표현을 명확하게 써 본 적이 없었다. 어른이 되어서도 '행복하냐'는 질문에는 선뜻 답하기가 어려웠다. 내가 행복한가? 아닌가? 깊이 생각하다 보면 대답할 타이밍을 곧잘 놓쳤다. 표준국어대사전에 나온 행복의 의미는 '생활에서 충분한 만족과 기쁨을 느끼어 흐뭇함. 또는 그러한 상태'이다. 그러니 단순하게 "너 행복해?"라는 질문을 "네 생활에 만족해?"로 바꿔 입력하면 답변하기 쉬운 문제처럼 보였다. 그런데 그

것 또한 회사원이었던 나에겐 쉽지 않았다. 대답을 하기 전에 이게 내가 가질 수 있는 최대치인가? 이 정도면 충분한가? 더 가질 수 있나? 매번 재고 따지고 싶은 마음이 들었기 때문이다. 몇 차례의 고심 끝에 나에게 행복은 '최대치를 취해서 만족하는 일'로 재정의 되었다. 누구나 인정할만한 직업, 내가 벌 수 있는 최대한의 돈, 그로 인해 얻을 수 있는 환경적 여유 같은 조건들이 내가 가질 수 있는 행복의 기본 설정값이 된 것이다. 그렇게 아무런 의심 없이 기본값에 맞춘 인생을 살았다. 그러다 보니 어쩌다 한 번은 행복을 말할 수 있게 되었다. "가끔 행복해. 월급날이라든가, 우리 엄마가 남들 앞에서 내 자랑할 때." 그저 행복을 언급할 수 있단 사실이 좋았다.

어쩌다 가끔 행복할 수 있게 된 인생의 단점은 만족의 유효기간이 아주 짧다는 점이었다. '최대치'라는 조건에는 한계가 없다는 것이 이 행복의 함정이었다고나 할까. 먹고살기 적당한 돈을 벌어도 충분한 보상이 아니라는 생각이 자꾸 들었고, 하루에 12시간씩 육체와 감정을 노동시키는 대가에 비하면 오히려 적게 느껴질 때도 있었다. 적당히 만족해보려고 마음을 추슬러보아도 입사 동기가 나보다 많은 월급을 받는 사실을 상기하고 나면 내 급여는 상대적으로 부족해졌다. 연봉을 올려 받고 경쟁 회사로 이직한 선배의 소식에는 배가 아팠다. 내게 주어진 조건은 더 이상 최대치가 아니었고, 그럴 때마다 나는 또다시 불만족한 상태가 되었다.

직업을 통해 인정받고자 했던 욕망도 마찬가지로 부질없었다. 나 스스로도 하는 일에 자부심이 없는데, 다른 사람이라고 나를 인정해 줄 리가 없었던 것이다. 특히 자신만의 꿈을 좇는 사람들 앞에 서면 순전히 돈을 벌기 위해 일을 하는 내 모습은 어쩐지 부끄러웠다. 결국 내 명함을 대단하게 봐주는 사람은 엄마 친구들이랑, 회사 이름도 잘 기억 못하시는 우리 할머니가 전부였는데 그게 내 인생에 충분한 만족을 가져다줄 리가 없었다. 가끔씩 행복한 줄 알았는데 그제서야 내가 불행하다는 걸 알았다.

사직서를 쓰기로 했다. "돈은 행복의 전부가 아니라고 부자들은 말하던데, 저는 맘껏 가져보지 못해서 잘 모릅니다. 하지만 앞으로도 그런 정도의 돈은 가지지 못할 것 같아서 포기하고 다른 종류의 행복을 좇아보려 합니다. 안녕히 계세요."를 한 문장으로 줄여 제출했다. "일신상의 이유로 퇴사합니다." 젊음을 희생하며 버텨온 결과가 고작 이거라니. 솔직히 슬펐다. 회사를 떠났으니 가끔씩 경험하던 물질적 행복도 더 이상 나에게 오지 않을 것이다. 빛처럼 빠르게 사직서를 제출한 내 결단력을 잠시 원망했다. 새로운 행복은커녕 회사를 나오고 우울해서 몇 달간 생리가 끊기고, 잠도 못 잤다. 과연 내가 행복할 수 있을까? 영원히 그렇지 못할 것 같아 두려운 마음이 일었다.

자전거를 타고 강변을 달렸다. 몸을 움직이면 끊긴 생리가 나올까 싶어서였다. 게다가 월세를 감당하지 못하면 서울을 떠나 부모님 댁에 가야 할 것이다. 거기엔 강이 없다. 강변에 살면서도 정작 출근하느라 몇 번 가보지 못했던 한강 산책로를 그래서 열심히 달렸다. 마침 봄이었고, 또 마침 햇살이 맑았다. 자전거에 속력이 붙을수록 봄바람이 몸 전체를 휘감는 기분이 들어 좋았다. 바람, 햇살, 자전거를 타고 있는 나. 그것들을 느끼며 나는 오랜만에 행복을 느꼈다. 길가에 피어난 예쁜 꽃이 주는 기쁨처럼 진부한 요소들에 반응하는 내가 유치하게 느껴졌지만, 어쩔 수 없었다. 나는 행복했다. 특히 금빛 물결이 아름답다는 이유로 자전거를 세우고 찰랑거리는 강물을 찰칵찰칵 사진으로 남기는 나를 발견하기까지 했을 때, 나는 내가 이 삶에 만족하고 있음을 인정할 수밖에 없었다.

그랬다. 실패한 사람에게도 주어진 최소한의 행복이라는 것이 있었다. 누구나 길가에 핀 꽃을 보고 예쁘다고 생각할 수 있는 것처럼, 내 주변에도 적당히 취할 수 있는 행복이 있었다. 그런 것이라도 맘껏 누리고 살아보자고 그때 마음먹었다. 특히 자연은 누구에게나 허락된 것이었다. 햇빛도 쐬고, 강도 보고, 비둘기도 보면서 또 어떤 운 좋은 날에는 예쁜 길고양이를 보았다는 사실에 만족하면서 그렇게 살기로 했다. 매일 똑같은 풍경이 지겨워질 때쯤이 되면 다행히 계절이 변했다. 시간에 따라 바뀌는 자연의 모습을 감상하면서 나는 소소한 행복을 만끽했다.

물론 아무리 최소한의 것이라고 해도 매일 균등하고 일정한 만족을 느낄 수 있는 건 아니었다. '행복은 언제나 있다'라는 명제는 틀림이 없지만, 슬프고 힘든 날에도 마냥 꽃을 보며 행복할 수는 없으니까 말이다. 그런 날은 고양이 곁에 앉아 불행하지 않다는 현실에 만족했다. 맛있는 음식이 주는 행복이 있다면, 맛없는 음식을 먹지 않아서 오는 행복도 있는 법이니까. 위안을 삼을 수 있는 존재 옆에서 불행하지 않으면 그것 또한 내가 할 수 있는 최소한의 행복이었다.

몇 해 전 엄마 집에서 잠을 자는데, 엄마의 비명소리에 놀라 거실로 달려간 적이 있다.

"무슨 일이야! 엄마 왜 그래?"

"스런아, 이거 봐라. 꽃 핀 거 봐라. 세상에, 다 죽어가는 줄 알았더니 꽃을 피웠네. 얼른 봐봐."

키우던 화분에 꽃이 폈다고 보라는 것이다. 그 새벽에. 엄마가 로또라도 당첨된 줄 알았다. 그런데 엄마는 진심으로 행복한 얼굴이었다. 그 표정이 길을 걷다 "고양이들을 세 마리나 보았다"라며 뿌듯해하던 내 모습과 닮아 있어 웃음이 났다. 거실 베란다를 가득 채운 엄마의 화분을 보면서 '작고 귀여운' 나의 행복은 어쩌면 엄마에게서 체득한 것일지도 모른단 생각이 들었다. 어린 엄마가 어린 나를 안고서 "그래도 행복해"라고 말했던 그날에 말이다.

수십 년 전 엄마에게 좋은 일만 가득했다면 참 좋았겠지만, 분명 엄마의 삶에도 어쩔 수 없는 부분이 있었을 것이다. 그러니 어린 딸의 불안을 알면서도 엉엉 울음을 터트릴 수밖에. 그런 엄마가 서글픈 표정을 짓고도 나에게 불행을 알려주지 않은 것은 얼마나 감사한 일인가. 그 와중에도 엄마는 최소한의 행복을 발견해 나에게 말해주는 위대한 사람이었다. 엄마의 행복론을 동감할 줄 아는 사람으로 자라서 나 역시 참 다행인 인생이다.

그냥 나,
그저 나

부족한 나를
포용할 때
자라나는 행복

얼마 전, 화장하지 않은 내 '생얼' 사진을 인스타그램에 올렸다. 평소 화장을 안 하는 사람에게는 별일 아니겠지만, 나에겐 난생처음 있는 크나큰 '사건'이었다. 왜냐하면 그전까지는 머리, 피부, 화장 상태 등 전반적인 스타일이 완벽한 날에만 사진을 찍었기 때문이다. 그중에서도 가장 잘 나온 한 장을 고르는 데에 항상 친구 두 명 이상의 도움을 받으며 유난을 떨었고, 친구들과 함께 찍은 단체 사진이 마음에 들지 않을 때는 지워달라고 떼를 쓴 적도 있었다. 오죽하면 친구들에게 "연예인도 아니면서 뭘 그렇게까지 신경을 써!"라는 핀잔을 매번 들을 정도로 나는 남들에게 보이는 겉모습에 극도로 치중하며 사는 사람이었다. 그런 내가 예쁘게 꾸미기는커녕 뾰루지, 붉은 뺨, 크고 작은 잡티가 적나라하게 보이는 초상을 올렸으니 가히 사건이라 칭할만했다.

민낯을 찍게 된 계기는 단순하게도 요즘엔 거의 화장을 안 하기 때문이다. 그 사진을 찍은 날 햇빛이 예뻤고, 새로 염색한 머리가 마음에 들었다. 머리를 자랑하고 싶어 사진을 찍긴 했는데, 화장을 안 한 바람에 한참을 올릴지 말지 고민에 빠졌다. 풀-메이크업으로 꾸민 얼굴만 가득한 내 SNS계정에 갑자기 다른 분위기의 사진을 내보이는 일은 나로서는 큰 담력이 필요한 일이었다. 그렇게 "올릴까? 올리지 말까? 화장을 하고 다시 찍을까?"하며 반나절을 애태우고, "이거 올릴까? 저거 올릴까? 이게 그나마 좀 나은가?" 사진을 고르면서 또 반나절을 보냈다. 하루가 다 지나고 나서야 "에이, 몰라. 어쩌겠어. 이게 요즘 난데." 하고 게시 버튼을 눌렀다. 남들 눈엔 평범하게 보였을 사진 하나에 이렇게 긴 사연이 있었다.

갑작스레 맨얼굴에 자신이 생겨 화장을 안 하고 다닌 건 아니었다. 화장이 귀찮아서는 더더욱 아니다. 한때 나는 메이크업과 화장품 쇼핑에 열광했던 코스메틱 마니아였다. 누구나 한 번쯤 마음에 드는 예쁜 옷을 입었을 때 기분이 좋아졌던 경험이 있을 것이다. 나에겐 메이크업이 나를 특별한 사람으로 만들어주는 멋진 의상과도 같았다. 매일 외출 전 기본 한 시간 이상 시간을 들여 화장하는 일은 일상이자 취미였고, 한국에 수입되지 않는 외국 브랜드 화장품도 해외 뷰티 블로거들의 리뷰를 보며 직접 주문해 사용했다. 한번 꽂힌 브랜드의 화장품은 기초 제품부터 색조 제품, 화장 도구까지 모두 써봐야 직성이 풀리는 바람에 월급의 절반 이상을 화장품 쇼핑으로 쓰는 일도 심심찮게 겪어 보았다. 화장을 하지 않는 날은 내가 아프거나, 집에서 한 발자국도 나가지 않을 때뿐이었다.

그랬던 나의 일상에 제동이 걸린 건, 그러니까 화장이 불편하다고 생각하게 된 계기는 순전히 요가 때문이었다. 6년 전쯤 내 인생 처음으로 방문한 요가원에는 '요가 수련 전 몸을 청결히 하고, 메이크업을 지우고 들어오세요.'라는 안내문과 함께 클렌징 제품이 구비되어 있었는데, 요가를 해본 적이 없던 (더구나 심오해 보이는 요가 세계에 일종의 환상마저 가지고 있던) 나는 '요가는 다른 운동과는 다르다고 하더니, 정말이구나.'하며 러닝머신 위를 뛸 때도, 킥복싱을 배울 때도 고수했던 화장을 성실히 지우고 맨얼굴로 수련장에 입성하게 됐다. 그런데 나의 첫 요가는 내 의도와 완전히 다른 방향으로 흘러갔다. 수련원 전면에 걸린 초대형 거울이 화근이었다. 그 거울 속에는 화장을 했을 때보다 100배 정도 더 못생겨 보이는 민낯의 내가 보였는데, 그 모습을 계속 마주하고 있자니 도무지 수업에 집중할 수가 없었다. 볼이 벌게져 도깨비 같아진 나를 커다란 거울을 통해 남들에게까지 비춰야 한다는 사실 역시 부끄러웠다. 게다가 요가원 지침과 상관없이 화장을 지우지 않은 사람들도 많았는데, 나만 순진하게 세안한 것을 알게 됐을 땐 정말로 도망가고 싶은 심정이었다. "몸을 깨끗이 하고 수련하면 좋지만, 클렌징이 필수는 아니"라는 원장님의 설명은 수업이 끝나고 나서야 들었다. 나는 맨얼굴을 가리고 황급히 요가원을 빠져나왔다.

다음 날은 화장을 한 채 수련장에 들어갔다. 거울 속에 결점을 전부 가린 내 얼굴을 보니 안심이 됐다. 그러나 평온함도 잠시뿐, 한참을 움직이며 몸이 데워지자 내가 바른 '화사한 21호' 파운데이션 컬러의 땀이 툭! 하고 매트 위에 떨어지기 시작했다. 선명한 색의 땀을 보고 당황한 나는 수건으로 매트를 얼른 훔쳤다. 그런데도 한 번 터진 땀방울은 그칠 기미가 없어서 수업이 끝날 때까지 닦아내면 또 흐르고, 또 닦아내면 다시 흐르는 땀을 실시간으로 처치하는 수고를 치러야 했다. 유쾌하지 않은 베이지색 땀을 지우며 내일 수업에선 화장을 해야 하나, 말아야 하나 갈등했다. 찜찜하게 땀을 흘리느니 깨끗하게 화장을 지우는 게 낫겠다 싶다가도, 도깨비 같은 얼굴을 다시 직면할 생각을 하니 한없이 자신감이 떨어지고 운동할 의욕조차 사라지는 듯했다. 한참을 고뇌하다 끝내 화장을 하고 요가를 하기로 결론 내렸다. 그렇게 몇 년간 즐겁지 않은 화장을 한 채 수련을 계속했다. 가끔 화장 때문에 요가원에 가기가 답답해질 때면 집에서 메이크업을 지우고 개운히 나 홀로 수련을 하기도 했다. 그 가뜬함을 알면서도 화장을 포기할 수가 없었으니 나로서도 참 안타까운 시간들이었다.

요가 강사가 되고 나서도 이 불편한 아이러니는 지속됐다. 아니 한술 더 떠, 강사로서 사람들에게 잘 보이고 싶단 이유 때문에 전보다 더 열심히 화장을 하고 요가원에 갔다. 첫 출근 날엔 긴 인조 속눈썹을 붙이고 붉은 립스틱을 바른 채 수업을 했으니 별스럽기가 이루 말할 수 없었다. 하지만 당시의 나는 꾸미지 않은 평범한 외모 때문에 사람들이 수업에 관심을 가져주지 않을까 봐 걱정했고, 화장을 했더라도 예쁜 선생님을 더 선호할 것이라고 막연히 예상했다. 그렇게 매일 화장대에서 많은 시간을 보내며 사람들 앞에서 요가를 가르쳤다.

그러던 2018년 겨울, 우연한 기회로 중학생들의 단기 요가 수업을 맡게 되었다. 아는 분의 소개로 같은 동네 사는 여자아이들 네 명을 한 집에 모아 가르치게 된 것이다. 처음으로 10대 학생들을 가르치며 아이들의 몸과 마음이 변화하는 것을 보는 일은 아주 보람찼다. 아이들도 본인들이 좋아하는 아이돌 그룹의 이름을 아는 젊은 선생님의 등장에 신이 나 내 말을 곧잘 따랐다. 그런데 시간이 지날수록 학생들의 관심은 요가에서 내가 바른 화장품, 입고 온 옷, 발톱에 붙인 보석, 피어싱 같은 것들로 옮겨 가기 시작했다. 어떤 날은 "궁금한 거 없니?"라는 말에 "선생님 오늘 바른 틴트는 어디 거예요?"라는 질문을 들었다. "그거 말고 요가!"라고 웃으며 넘겼지만 속은 씁쓸했다.

어느 날 그중 한 녀석이 나를 따라 귀를 뚫고 오기까지 했다. "저도 요가강사가 되고 싶어요"라고 말하던 아이는 나 때문에 예쁜 옷을 입고, 화장을 하고, 장신구를 치렁치렁 다는 게 요가 강사의 일이라고 생각했을 것이다. 화장은 악도 아니고 꾸미는 것 역시 죄가 아니다. 하지만 아이들에게, 그리고 내 수업을 들으러 온 사람들에게 가르치고 싶은 것이 화장법이나, 예쁜 모습으로 요가하는 법은 아니었다. 잘 꾸며진 내 모습 덕분에 사람들이 나에게 관심을 가져주고, 그로 인해 나는 요가를 잘 전달할 수 있는 사람이 될 거라고 믿었는데 완벽한 착각이었다. 주객은 완전히 전도되었고, 전하고자 했던 본질은 점차 멀어지고 있었다.

그 아이에게 "요가 선생님은 꾸미는 데만 치중하는 직업이 아니야."라고 말해주려고 했다. 그런데 그렇게 말할 자격이 나에게 있던가? 새삼 나를 되돌아보았다. 강사로서 건강한 몸매라든가, 사람들에게 매력적으로 보일 만한 조건이 어느 정도 필요하단 생각에는 지금도 동의한다. 하지만 숨기고 싶은 자신을 화장품으로, 보석으로, 옷으로 꽁꽁 가린 내가 "있는 그대로의 나를 관찰하고 수용해보자"라고 말하는 상황은 누가 봐도 앞뒤가 맞지 않았다. 결국 그 아이 덕분에 내가 얼마나 모순적인 사람이었는지를 알게 되었고, 앞으로는 내가 가야 할 길과 다른 행동은 하지 말자고 마음먹게 됐다. 그렇게 나를 가리고, 남을 위해 해왔던 치장을 하나둘 지워나가기로 했다.

처음으로 빨간 립스틱을 지우고 사람들 앞에 섰을 때, 한동안은 벌거벗은 기분이 들었다. 못생겨 보일까, 아파 보일까 노파심도 일었다. 그런데 막상 나의 밋밋한 입술을 회원들에게 계속 보여주다 보니 점차 익숙해져 나중엔 아무렇지 않아졌다. 게다가 립스틱을 고쳐 바르려 쉬는 시간을 허비하지 않아도 되니 온전히 수업에만 집중할 수 있어 훨씬 편했다. 그렇게 립스틱을 지우고, 귀걸이와 팔찌를 빼고, 또 그다음엔 손톱과 발톱마저 지웠다. 남은 것은 '화사한 21호' 파운데이션을 바르지 않는 일뿐이었다. 얼굴을 가리지 않는 일은 생각보다 더 큰 결심이 필요했다. 홍조가 있는 피부는 나의 오랜 콤플렉스였기 때문이다. 어릴 적엔 붉어지는 얼굴 때문에 놀림을 받았고, 사람들 앞에서 주목을 받을 때면 빨간 얼굴이 더 빨개져서 괴로웠다. 화장을 지우면 그 일들이 되풀이될 것만 같았다. 그런 이유로 나의 맨얼굴을 나조차도 좋아하지 않고 여태껏 살아왔었다.

하지만 더는 베이지색 땀을 흘리고 싶지 않았다. 겹겹이 바른 화장이 조금이라도 지워질세라 초조해하며 겉으로는 '내면의 집중'을 말하는 당착에서 벗어나고 싶었다. 그렇게 용기를 내어 처음엔 두 겹 바르던 화장을 한 겹으로, 한 겹 바르던 화장을 부분 화장으로 대체하며 조금씩 줄여 나갔다. 시간이 걸리긴 했지만 결국엔 완전한 맨얼굴로 수업에 임할 수 있었다. 내 붉은 얼굴을 보고 열이 나는 줄로 오해한 몇 명이 "선생님, 오늘 얼굴이 빨개요."라고 말하긴 했지만, "네, 제가 원래 얼굴이 빨간 편이에요."라고 답하니 "아하. 피부 얇은 사람들이 그렇던데. 선생님이 그런 스타일인가 봐요."라는 이해와 함께 더 묻는 말은 없었다. 허무할 정도로 담백한 결말에 전전긍긍했던 지난날이 민망할 정도였다. 그랬다. 화장한 나도, 화장하지 않은 나도 그냥 나였다. 그저 받아들이면 그만이었다.

나는 이제 내가 하고 싶은 때에 하고 싶은 화장만 한다. 더 이상 못생긴 나를 감추기 위해 화장을 하거나, 남들 앞에 잘 보이려고 화장을 할 필요가 없다는 걸 알기 때문이다. 솔직히 말하면 화장한 내 모습이 더 예뻐 보이는 게 사실이다. 하지만 '덜 예쁜 나'도 여전히 인정해 주고 좋아해 주는 사람들이 있다. 그걸 보면 외모 말고 승부할 수 있는 나만의 매력이 있나 보다 싶어 뿌듯하다. 그렇게 내 부족을 포용하고 나니 생활 속에서도 편안함과 자신감이 생겼다. 화장이 주었던 즐거움과는 또 다른 차원의 기쁨이 나에게 찾아온 것이다.

있는 그대로의 나를 수용하는 행복이 비단 외모에만 한정되는 얘기는 아니다. 살면서 화장하듯 나를 감추고 포장해 불행했던 날들은 또 얼마나 많았던가. 요가 수련을 하면서도 내 몸의 약한 부위를 남과 비교하며 싫어했고, 초보 강사 시절엔 부족한 경력과 미숙한 동작을 창피해했다. 잘하는 척, 의연한 척 숨길수록 그럴싸하게 보이기는커녕 자존감은 나날이 떨어져 힘들어했던 날들도 있었다. 당시 내 고민을 알고 계셨던 선생님이 해 준 말이 문득 떠올랐다.

"스런아, 억지로 감추지 마. 경력은 상관없어. 동작이 잘 안돼도 다른 방법이 있어. 오히려 네가 잘 못하는 걸 드러내면, 사람들은 네가 발전해나가는 모습을 더 좋게 볼 수도, 친숙해 할 수도 있어. 좋은 선생님이 될 수 있는 너만의 방법이 있을 거야."

사실 그때는 이 말을 머리로만 이해했던 것 같다. 능력이 부족한 나를 격려하는 선생님의 위로 메시지로만 생각하면서 말이다. 그런데 씩씩하게 민낯을 드러내고 난 뒤, 나에게서 피어난 긍정적인 변화들을 직접 확인하고 나니, "감추지 않고 드러내야 성장할 수 있다"라는 선생님의 가르침이 정확히 어떤 의미였는지 이제는 마음 깊이 알아차릴 수 있었다.

"저도 이 동작을 최근에야 잘 할 수 있게 됐어요. 생각보다 어려워서 열심히 연습했거든요. 같이 한 번 해 볼까요?" 이제 나는 사람들 앞에서 꾸미지 않은 얼굴로 꾸며내지 않는 말을 당당히 한다. 이 깨달음을 나의 일상에, 또 다른 이들에게 모순 없이 전할 수 있어 기쁘다. 부족함을 드러내는 용기 속에서 나는 오늘도 한 뼘 더 성장하고 있다. 거기에서 한 뼘 더 자라나는 행복을 본다.

4부

루틴을 유지하기 힘들다면
먼저 비워보세요

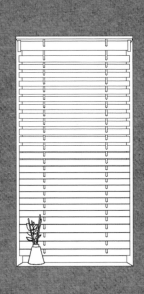

아무것도
안 해도 괜찮아

그럼에도 무언가는
일어날 테니까

CCCCC

5년이나 다닌 회사를 그만두었을 때였다. 많고 많은 이유 중 하나는 '그냥 쉬고 싶어서'였다. 평균 10시간 이상, 가끔은 주말과 공휴일에도 회사에 나가 업무에만 매달리다 보니 지칠 만도 했다. 12월의 마지막 날, 사무실에 앉아 제야의 종소리를 들으며 생각했다. '진짜 아무것도 안 하고 싶다….' 그렇게 무작정 사직서를 냈다.

첫 일주일 정도는 염원을 이루며 살았다. 늦잠도 푹 자고, 산책도 하고, 하루 종일 영화도 봤다. 이런 게 행복인가 싶었다. 그런데 일주일 이상 휴가를 가져본 적이 없던 나는 정확히 10일째 되던 날부터 불안해졌다. 다년간 체계화된 노동 시스템에 익숙해진 맘과 몸이 갑자기 주어진 자유를 어떻게 쓸지 몰랐던 것이다. 더구나 계획된 퇴사도 아니었으니 앞으로 뭘 먹고살지도 정해야 했다. 사무실 밖에서의 시간은 안에서보다 훨씬 빠르게 흘러가는듯했고, 월세며 생활비며 숨만 쉬어도 빠져나가는 돈을 생각하니 긴장되기 시작했다. 아무것도 안 하고 싶어 그만둔 일이었는데, 뭐라도 해야할 것 같아 맘이 다시 조급했다.

"이대론 안 돼. 건강하고 바쁜 백수가 되어야겠다."

거울 속에 살만 퉁퉁하게 쪄가는 나를 보고는 그런 생각이 들었다. 언젠가는 재취업을 해야 할 텐데 이렇게 게을러 보이는 나는 아무 데서도 뽑아주지 않을 것 같았다. 그때부터 다이어트를 하기로 마음먹었다. 단기간에 살도 빼고 근육도 만들 수 있다는 격한 운동도 함께 시작하기로 했다. 내가 처음으로 도전한 운동은 유산소 활동과 근력 트레이닝을 함께 하는 스포츠였다. 가끔 TV에서 미국 소방대원들이 단체로 이 운동을 하는 모습을 볼 때면 올림픽 종합 경기를 관람하는 것 같기도 했다. 일초라도 쉬지 않고 주어진 미션을 수행하면서 시간을 단축하는 것이 운동의 목표였다. 개별 미션이지만 동시간대에 여러 사람들이 함께하다 보니 자연히 경쟁 구도가 형성됐다. "빨리빨리!" "스런 씨, 조금만 더요, 파이팅!" 격앙된 소리를 들을 때마다 지친 몸을 이끌고 젖 먹던 힘을 짜냈다.

운동을 마치고 나면 종료한 시간과 이름을 모두가 보는 화이트보드에 적었다. 순위권은 아니었지만 칠판에 적인 내 이름을 보면 내심 뿌듯했다. '아! 이렇게 치열하게 사는 사람들 사이에 내가 있구나' 하면서.

그러던 어느 날, 운동을 하는 도중 어깨에서 찌릿한 통증이 느껴졌다. 바늘로 콕콕 쑤시는 느낌이 들더니 팔을 들기가 어려웠다. 결국 중간에 경기를 그만두고 하차했다. 컨디션이 별로 좋지 않았는데, 지난번 기록을 단축해보려고 몸부림을 친 것이 화근이었다. 괜한 경쟁심에 몸을 몰아치듯 사용한 결과는 참담했다. 황새 보폭에 맞춰 걷다가 가랑이가 찢어진 뱁새, 딱 그런 꼴이었다. 객기를 부린 덕분에 한의원을 두 번이나 옮겨 다니며 침을 맞았다. 아껴 쓰기로 한 용돈은 고스란히 마사지 샵에 헌납해야 했다. 일상생활은 거의 불가했다. 무거운 짐 하나가 하루 종일 어깨 위에 얹어있는 기분이 들었다. '아직 할 일이 산더미처럼 남았는데…' 건강해진 내 몸을 증명하기는커녕, 회사를 다닐 때보다도 안 좋은 상황이 돼버렸다. 때마침 알 수 없는 복통과 생리불순이 겹쳤다. 몸이 나에게 말하는 것 같았다.

'네 몸을 좀 봐. 이건 응급상황이야!'

아픈 배를 붙잡고 또다시 병원에 갔더니 스트레스를 많이 받는 것 같다며, 요가 같은 편안한 운동을 해보라는 처방을 받았다. 단기간에 살을 빼고 싶다는 생각에 취미로 하던 요가는 잠시 멀리 두었는데, 아무래도 지금 할 수 있는 최선은 다시 요가를 하며 할 수 있는 만큼만 몸을 움직여 보는 것이었다. 새벽 아침 찾아간 요가원에는 나를 포함해 총 세 명이 앉아 있었다. 어떤 요가를 하는지도 모르고 찾아간 곳에서 '제발 격한 운동이 아니길, 어깨 많이 안 쓰길….' 속으로 빌었다. 긴장하며 몸을 풀고 있던 내 앞에서 선생님은 "누워서 시작하겠습니다. 편안하게 등을 대고 바닥에 기대세요"라고 말했다. 그러고는 "다리를 들어 올린 채 가만히 2분 있어 볼게요."라며 시범을 보였다. 코어운동을 하는 줄 알았던 나는 복부에 힘을 꽉 준 채 부들부들 떨었다. 그때 선생님이 곁으로 와서는 "힘을 툭 풀고 유지해볼까요? 긴장을 내려놓고, 열심히 안 하는 게 목표인 거예요."라고 말하는 것이 아닌가. 나는 황당했다. '애쓰지 말라고요? 열심히 하지도 말고요? 진짜 그래도 돼요?' 그것이 내가 처음 경험한 '인요가'였다.

내가 놀라든 말든 수업은 계속됐다. 다음 동작도 3분, 그다음 동작은 5분… 힘을 주고 버틸 때마다 선생님은 "눈을 감고 느껴라." "버티는 게 아니라 시간을 흘려보내라." "아마 그래도 편하지만은 않을 것이다."라는 이해하기 힘든 말을 연이어 했다. 불안한 맘에 양쪽에 앉은 사람들을 힐끔힐끔 번갈아 훔쳐봤는데, 다들 나와는 달리 유유자적 자기만의 시간을 즐기고 있는듯했다. 절반의 시간이 흘렀을 즈음, '이렇게 힘만 세게 줘선 이 수업을 들을 수 없겠구나' 하는 사실을 깨달았다. 그제 서야 욕심을 버리고 느리게 가는 시간에 몸을 맡겼다.

선생님의 말대로 가만히 있어본다고 해서 완전히 편한 건 아니었다. 왜냐하면 '이 자세가 맞나?' '그만둬야 하나?' '시간은 왜 이렇게 안 가지?' 같은 생각들로 몸도 마음도 불편했기 때문이다. 마치 한 시간 동안 내 온몸의 세포들이 "나 좀 봐주세요!"하며 서로 아우성치는 것을 가만히 바라보는 기분이었다고 할까. 그 힘든 와중에도 고요하게 있어보는 연습을 하는 것이니 이런 경험이 익숙하지 않은 나에게는 역동적인 운동을 할 때와는 또 다른 의미로 무척 힘들었다. 그렇게 수업이 끝나자 '와, 이게 뭐지?' 머리를 떵하고 맞은 기분이 들었다. 다음 날도, 그다음 날도 내가 느낀 낯선 경험을 재차 확인하고 싶어 요가원에 갔다.

모든 것을 내려놓는 경험은 놀라웠다. 처음엔 근육을 쓰지도 않고 몸을 툭 놓아 버리는 것이 어떻게 몸과 마음에 도움이 된다는 것인지 이해할 수 없었다. 실제로 인요가는 근육이 이완된 상태에서 골격을 느슨히 해 관절에 여유를 만들고, 인대에 적당한 압력을 주는 방식이기 때문에 눈으로는 수련의 효과를 즉각적으로 확인하기 어렵다. 운이 좋다는 표현이 어울리는지 모르겠지만, 때마침 내가 운 좋게 어깨를 다치지 않았더라면 인요가가 신통치 못한 수련이라고 생각했을지도 모른다. 어쨌든 시의적절하게 부상을 입은 나는 몇 주간 인요가를 수련하는 것만으로도 어깨가 날이 갈수록 부드러워지고 있음을 실감할 수 있었다. 운동치료나 마사지 없이도 말이다. 또한 느슨한 마음으로 몸의 구석구석을 느끼고 경험할 때, 다친 몸뿐만 아니라 마음도 함께 치유되는 느낌이 들었다. '아무것도 안 하는 데도 좋아질 수 있구나. 힘든 건 어떤 상황에서든 당연하구나. 그걸 불안해할 필요가 없구나.' 그렇게 나는 인요가의 매력에 빠져버렸다.

얼마 뒤, 선생님은 개인적인 사정으로 수업을 그만두게 되었다. 마지막 차담을 나누며 감사의 마음을 전했다. "선생님, 저 회사를 그만두고 나서 아무것도 안 하는 게 너무 불안했어요. 감사하게도 선생님 요가 수업을 들은 뒤로는 가만히 있는 것도 나름대로 괜찮아졌어요. 정말 고맙습니다." 선생님은 나를 격려했다. "스런 님이 마침 필요한 때에 필요한 요가를 만난 거예요. 이왕 이렇게 시간이 난 거 초조해하지 말고 여유 있게 보내봐요. 뭐가 되어야지, 뭘 해야지 이렇게 계획 세우지도 말고 그냥 지금 원하는 거, 하고 싶은 거, 물 흐르듯이 마음가는 대로 해보세요. 그러면 길이 있겠죠." 나는 망설이다 대답했다. "…선생님, 저 그러면 선생님이 나누어주셨던 요가를 더 알아가고 싶어요. 어디 가면 배울 수 있어요? 지금 그게 제가 원하는 거예요."

그렇게 나는 요가를 하러 인도에 가게 됐다. 요가 선생님이 되어야겠다는 계획은 전혀 없었다. 요가는 취미로 하는 것이었지, 운동신경도 없고 몸도 약한 내가 요가를 가르친다거나, 깊게 배우는 것은 생각도 해보지 않았기 때문이다. 하지만 선생님의 말처럼 순리대로 흘러가다 보면 요가를 더 깊게 아는 백수, 요가 지도자 자격증이 있는 회사원이 될지도 모르는 일이었다. 나는 그렇게 뜻하지 않은 곳에서 새로운 길을 갈 준비를 하게 됐다. 목돈이 필요했고, 앞날도 몰랐다. 하지만 예전처럼 무용해 보이는 이 순간이 심하게 불안하진 않았다.

시간이 흐르고 나는 결국 요가 강사가 되었다. 요가는 몸이 타고난 사람만 하는 줄 알았던 나는 인요가라는 또 다른 세계를 만나 요가에 빠지게 됐다. 그 마음 하나로 많은 사람들 앞에서 요가를 나누는 길까지 올 수 있었다. 아마 내가 강한 운동만을 계속해 좇고,

한 템포 쉬어가듯 인도로 떠나지 않았다면 지금의 요가강사 성스런도 없었을 것이다. 나만의 느린 시간과 공간, 그리고 약간의 불편함을 있는 그대로 바라보는 수련이 나에게 제2의 인생을 만들어 준 셈이었다.

인요가는 아프거나, 다쳤거나, 나이가 많거나, 움직임이 불편하더라도 할 수 있는 수련이다. 한 동작을 3~5분 정도 길게 유지한다. 자세를 만들 때 특정한 모양을 요구하지 않는다. 어떤 결과를 바라고 하지도 않는다. 그저 자신의 기분을 온전히 받아들이면 그만이다. 그러니 나의 상태를 비난하거나, 핑계 댈 일도 없다. 그렇게 열린 생각으로 모든 걸 수용하고 나면 몸과 마음에 좋은 기운이 가득 차는 것을 느낄 수 있다. 근육을 단련하는 운동도 당연히 필요하지만, 세상만사를 전부 힘으로 애쓰면서 할 수는 없다는 진리를 인요가를 통해 배울 수 있을 것이다.

헬스장 회원들을 대상으로 인요가 수업을 진행한 적이 있다. 매일 근력운동을 하고 줌바댄스를 추는 회원들에게 인요가는 시시하게 느껴지는 운동일 뿐이었다. 그러니 내가 "매일 열심히 하는 것만 하시잖아요. 주중에 딱 한 시간만 그러지 말아 보자고요." 라며 인요가를 꾸준히 해보자 제안했을 때 뜻뜻미지근한 반응을 보인 것도 이해가 됐다. 처음엔 "하다가 만 것 같아요" "잘 모르겠어요"라는 하소연이 종종 나왔다. 한 달이 지났을까. 사람들은 하나둘씩 스스로 매트 위에서 도구를 챙겨 수업을 준비하고, 집중하기 시작했다. 다른 사람 모양새에도 관심을 거두었고, 휴대폰과 시계도 보지 않았다. 나중엔 인요가 때문에 요가 수업을 등록하는 사람들도 생겼다. 보람찬 일이었다. 매일 회사에서 일하고, 집안일하고, 운동까지 치열하게 하는 그들에게 일주일에 한 시간쯤의 비워둠은 꼭 필요했으리라. 그렇게 오늘도 나는 아무것도 안 하는 것을 불안해할 또 다른 누군가에게 인요가를 전하고 있다. 나를 포함한 우리 모두가 이 문장을 기억할 수 있기를 바라며.

"아무것도 안 해도 괜찮다. 그럼에도 무언가는 일어날 테니까."

모두의
요가

이 요가가
그 요가가
아니었다

○○○○

　인생에서 가장 막막했던 시기를 뽑으라면, 대책 없이 직장을 그만두고 백수가 된 때를 들 수 있겠다. 인생의 방향을 잃은 채 당장 수입도 없이 불안에 떨던 그때의 나를 떠올리면 지금도 안쓰러운 마음이 든다. 그나마 다행이었던 건 오직 요가를 하는 순간에는 그 불안을 잠시나마 잠재울 수 있었다는 점이다. 때문에 동네 요가원에서 주 3회 새벽 수련을 하는 날이 당시의 나에겐 가장 즐거운 일이었다. 특히 수련을 마치고 선생님과 차를 마시는 시간이 너무 좋아서 더 열심히 요가원에 다녔다. 차를 마실 때만큼은 날뛰던 마음이 차분해지는 기분이 들었기 때문인데, 그런 분위기 탓인지 언젠가는 선생님에게 대뜸 "지금 백수인데, 뭘 해야 할지 모르겠다"라는 고민을 털어둔 적도 있었다. 앞에서 말했듯이 그때 선생님은 "이왕 쉬고 있는 거, 불안해하지 말고 마음 가는 대로 해보라"라고 권했고, 요가의 매력에 빠져 언젠간 인도에 가고 싶었던 나는 선생님의 추천까지 받은 뒤로 진지하게 여행을 고민하게 됐다.

남는 게 시간뿐인 백수가 쉽사리 떠날 결심을 하지 못했던 이유는 오직 돈 때문이었다. 비자 발급부터 비행기 표, 현지 생활비까지 계산해보니 인도 여행에 들이는 비용은 서울 자취방의 몇 달 치 월세와 맞먹는 금액이었기 때문이다. 재취업을 위해 공부를 하게 된다면 학원비나 자격증 취득을 위한 최소한의 비용도 남겨두어야 했는데 인도에 가려면 그렇게 모아둬야 할 자금까지 몽땅 쏟아부어야 하는 상황이었다. 더구나 다녀와서 요가 강사가 될 생각도 없었기 때문에 한국에 돌아오면 뭘 먹고살지 대책도 없었다.

기분 전환 삼아 훌쩍 여행을 떠나기에는 위험부담이 너무 컸던 것이다. 하지만 불안한 나를 평온하게 이끄는 이 요가의 정체가 무엇인지 그 시작점에서 알아야겠다는 간절한 마음이 나를 자꾸 움직이고 있었다. 정말 단순한 생각이지만, 인도에서 다시 태어나는 심정으로 요가를 배우고 나면 지금 내 앞에 놓인 고민과 숙제들이 다 해결될 것 같기도 했다. 또 거기에서 하루 종일 요가만 하다 보면 지금보다 요가 실력이 배로 늘어있을 거라는 막연한 기대감도 있었다. 결국 회사를 그만둔 이후로 서랍에 처박아 두었던 신용카드를 다시 꺼내어 비행기 삯을 장기 할부로 덥석 긁어 버렸다. "어차피 백수라면 나는 요가라도 잘하는 백수가 되련다! 그러면 후회는 없겠지." 그렇게 무작정 인도 북부에 위치한 리시케시로 훌쩍 떠나게 됐다.

리시케시는 히말라야 산기슭에 위치한 작은 마을로 하타 요가의 본고장이라고 불리는 성지이다. 주말이라 길이 막히는 바람에 공항에 도착한 저녁부터 거의 12시간이나 걸려 택시를 타고 마을에 도착했을 때는 이미 아침이었다. 피곤이 몰려와 금방이라도 기절할 것 같았지만, 리시케시 땅에 발을 딛는 순간 내 몸의 모든 피로가 사라지는 듯한 느낌이 들었다. 그도 그럴 것이 내 눈앞에는 여태껏 한 번도 본 적 없는 웅장한 히말라야의 산등성이가 끊임없이 펼쳐져 있었다. 산마루에 걸쳐있는 구름은 너무 아름다워 신비롭기까지 했다. 무언가에 홀린 듯 숙소에 짐을 풀자마자 요가 매트와 요가 서적을 들고 히말라야 빙산이 녹아 흐른다는 갠지스 강변 상류로 향했다. 사람들이 빨래와 목욕을 하고, 화장실로도 쓴다고 해서 더러운 줄로만 알았던 갠지스 강은 소문과 달리 내 모든 죄가 씻겨 내려갈 것처럼 맑고 깨끗했다. 다짜고짜 물에 들어가 수영을 했다. 히말라야의 기운과 갠지스강의 신성함 속에 폭 안기자 정말로 여태껏 지은 죄가 다 씻겨 새로 태어난 것 같았다.

물에서 빠져나와서는 요가 매트를 펼치고 유명한 인도의 요가 스승 B.K.S. Iyengar가 집필한 요가 경전을 읽기 시작했다. 인적 드문 곳에 강물이 흐르는 소리와 산새소리, 그리고 나의 숨소리만이 안정감 있게 흐르자 내 마음은 알 수 없는 충만함에 흠뻑 빠져버렸다. 어려운 철학책을 가까스로 세 페이지 정도 읽었을 뿐인데, 이미 신성한 요가인이 된 느낌마저 들었다. 비틀즈의 폴 매카트니가 이곳에 머물다 돌아가 명곡 〈Blackbird〉를 작곡할 수 있었던 이유마저 알 것 같았다. 기분은 극에 달해서 비행기 10시간, 택시 12시간에 갇혀있던 여독을 모두 잊게 만들었고, 끝내 요가 매트 위에서 내 마음대로 아사나(요가 동작) 수련까지 하게 됐다. 한 시간 넘게 몸을 쓰고 명상에 들어갔을 때, 한국에서 온 이방인은 이미 인도의 '슈퍼 요기'가 된 기분에 완전히 취해버렸다(나중 이야기지만, 동기들끼리 비슷한 경험을 공유하며 우리들끼리 이런 증세를 인도병, 인도뽕, 히피병 등이라 불렀다).

한껏 들뜬 마음으로 동네로 돌아와 생필품을 사러 한 가게에 들렀다. 그 곳은 면봉, 두루마리 휴지, 생수, 캐슈넛, 초콜릿, 에너지바까지 이것저것 파는 동네 슈퍼였는데, 가게 주인으로 추정되는 아저씨는 한쪽 어깨에는 매트를, 한 손에는 요가 경전을 들고 있는 내 차림을 보자마자 이렇게 말했다.

"너 요가하러 왔구나! 나도 매일 요가해. 반가워."

나는 순간적인 본능으로 아저씨의 몸을 눈으로 훑었다. 요가 동작을 매일 한다고 하기에는 너무나 뚱뚱한 체형, 심지어 계산대 앞에 서있는 자세조차 어딘가 불편해 보였다. 나는 아주 자만하게 아저씨는 매일 수련하는 사람의 몸이 아니라고 평가했다. 그리곤 그에게 내 수련의 성취를 자랑하듯 말했다.

"네. 저는 방금도 수련하고 왔어요. 바카사나 연습을 하는데 폭신한 강변 모래바닥에서는 처음 해보는 거라 어렵더라고요."

아저씨는 바카사나가 어떤 자세인지도 몰랐다. 나에게 자세를 설명해달라는 식으로 말했는데, 내가 에둘러 거절하고 가게를 나서려고 하자 "어쨌든 환영해. 행운을 빌어."라고 말했다. 나는 가볍게 목례만 하며 속으로 '아사나 이름도 모르면서 요기라니. 웃겨!'라고 생각했다. 숙소로 되돌아가며 그 아저씨가 요가를 배우러 온 손님에게 친근하게 다가가고 싶어 거짓말을 한 모양이라고 이해했다. 어쨌든 정직하지 않은 가게는 다신 가지 않을 거라고 마음먹으면서.

다음날부터 지도자 자격을 수료하기 위한 요가 수업이 시작됐다. 매일 새벽부터 밤늦게까지 쉴 틈 없이 공부하고 몸을 수련하는 바쁜 일정이었지만, 성숙한 요기가 될 기대감에 내 마음은 잔뜩 부풀어있었다. 또 한국에서는 접해본 적이 없던 1시간짜리 명상, 요가 철학과 이론 수업, 잘라네티(비강을 청소하는 정화법) 수행까지 처음 경험하는 일들에 설렘을 감출 수 없었다. 그런데 그렇게 몇 주를 열심히 생활했는데도 이곳에 올 때 가장 기대했던 아사나 실력이 생각보다 많이 늘지 않아 점점 초조해졌다. 실망한 나는 상대적으로 아사나를 수련하는 시간이 부족하다고 느끼기 시작했다. 그때부터 점심과 저녁 식사 시간을 쪼개서 텅 빈 수련실에서 혼자 아사나를 연습했다. 동기들은 매시간 땀을 뻘뻘 흘리는 나에게 왜 이렇게 열심히 하냐며 "Take it easy!"를 외쳤고, 과하게 에너지를 써서 피곤해진 나는 명상 시간엔 졸고, 잘라네티를 행하는 새벽에도 늦잠을 자며 게으름을 피웠다. 나중엔 아사나 연습할 시간도 모자란데 다른 수업 시간이 불필요하게 많은 건 아닌가 하는 생각까지 했다.

어느 날도 어김없이 혼자 동작을 연습하다가 점심 식사를 놓치고 카페에서 간단히 점심을 때우고 있었다. 그때 내 또래로 보이는 인도인 친구가 나에게 말을 걸어왔다. 리시케시에서 대학을 다니고 있다는 그는 자신도 매일 요가를 한다고 했다. 그는 통통한 체형의 슈퍼 아저씨와 달리 아주 건장한 체격을 가진 남성이었다. 이번에야말로 진짜 요가를 하는 현지인을 만났다고 생각한 나는 이것저것 물었다.

"너 요가할 줄 알았어. 체형이 엄청 좋더라. 나 요즘 이런 자세 연습하는데, 너 이거 할 줄 알아?"

그러자 그는 웃으며 말했다.

"난 네가 말하는 동작에 대해선 잘 몰라. 인도 사람이라고 다 너의 선생님처럼 요가 동작을 잘하는 건 아니야."

나는 의아해 물었다.

"요가 한다면서 동작을 왜 몰라? 네가 하는 요가는 뭔데?"

그는 대답했다.

"인도 사람들은 모두 요가를 해. 하지만 아사나가 요가의 전부는 아니야. 해방으로 가는 길에는 많은 동작이 필요하지 않거든. 나는 신을 믿고 매일 기도해. 그것도 여기에선 요가야."

그 얘기를 듣고 잠시 혼란했다. 아사나가 전부가 아니라니? 그게 중요한 게 아니라니? 어지러운 머릿속을 정리하기도 전에 그는 더 복잡한 말을 했다.

"이건 내 개인적인 의견인데 너처럼 매트 위에서 매일 몇 시간 씩 아사나 연습하는 건 그럴 만한 여건이 되는 사람들만 할 수 있는 거야. 이렇게 가난한 마을에서는 모두가 그렇게 못 해."

그 친구와 헤어지고 숙소로 돌아가는 길에 자신을 요기라고 소개했던 슈퍼 아저씨의 가게를 지나게 됐다. 아저씨와의 첫 만남 이후 그 가게에 진짜로 가지 않았었다. 아저씨는 가게 앞을 청소하다가 나를 보고는 인사를 건넸다.

"내 친구. 너의 요가는 잘되어가니?"

그때 아저씨가 쥐고 있던 손때 가득한 빗자루를 보고 "아사나는 요가의 일부에 불과하다"라는 친구의 말이 다시 떠올랐다. 그리고 아저씨가 할 수 있는 요가는 매트 위에서 바카사나를 연습하는 게 아니라 가게를 매일 열고 닫으면서 묵묵히 비질을 하는 것뿐일지도 모른다는 생각이 들었다. 그게 아저씨에게는 스스로를 해방할 수 있는 유일한 방식일 테니까. 나처럼 한가롭게 동작이 잘 안된다며 투정하는 일은 생계를 위해 일하는 그에게 사치일 수 있다는 것까지 그제야 생각이 미쳤다. 그때 미안한 마음과 부끄러움이 함께 일었다. 아저씨는 자신이 처한 환경 안에서 최선을 다해 임무를 수행하는 멋진 요기였다. 그것도 모르고 나는 체형만으로 섣불리 그를 단정했고, 아사나의 지식이 없다는 이유로 가짜 요기라며 완전히 오해했다. '요가'의 '요'자도 모르면서 아사나에 집착하는 가짜요기는 사실 나였으니, 나 자신에게 창피해 눈물이 나려는 걸 간신히 참고 웃으며 인사를 건넸다.

"안녕하세요. 나의 요기 프렌드!"

이곳의 사람들은 자기 인생에서 취할 수 있는 모든 수단을 활용해 해탈에 가까워지려 노력하고 있었다. 그래서 누군가는 학교를 다니며 매일 기도하고, 누군가는 아침마다 가게 앞을 쓸고 닦으며 손님을 맞이한다. 또 누군가는 식사를 구걸하면서도 하루 종일 나무 아래서 명상을 한다. 단지 자신의 의무를 다하고, 주어진 삶에 충실하며 살아가는 모든 행위가 이곳에서는 요가 그 자체였던 것이다. 그 사실을 알고 나서 내가 여기에 온 이유를 다시 되돌아봤다. 불안한 마음을 잠재우는 요가의 힘을 알고 싶어 이곳까지 왔지만 답을 찾지 못했고, 그럴수록 아사나에만 집착하고 있던 이유를 이제야 알 수 있었다. 해답은 사실 아사나에 있지 않았으니 당연한 결과였다. 주 3회 요가를 하는 순간에만 안녕을 찾을 수 있다고 믿고, 요가의 발원지에 와야만 평화로워질 수 있다고 무작정 인도에 온 것 역시 사실은 큰 착각이었다. 요가는 요가원 안에서나 아사나를 통해서 뿐만 아니라 온 삶 속에서 그저 행해지는 것임을 인도에서 만난 요기들은 나에게 가르쳐 주었다. 다시 찾은 갠지스 강에 발을 담그는 마음은 어딘가 겸허했다. 무모했던 슈퍼요기의 꿈도 그렇게 흘려보냈다. 그 순간 내가 평생 요가를 하게 될 거 같다는 예감이 들었다.

개나 소나
나나

인도에서는
모두가 동등하다

((((

    인도에 도착했을 때 무엇보다 신기했던 것은 길거리에 소가 너무 많단 사실이었다. 한국에서도 소를 본 적은 있지만, 차도 한가운데에 소가 태평히 앉아있는 광경은 난생처음이었다. 때문에 공항에 도착해 리시케시까지 택시를 타고 가는 동안 나와 택시운전사는 소를 피해 아슬아슬 곡예 운전을 하거나, 소가 엉덩이를 뗄 때까지 기다리며 길 위에서 느리게 시간을 보내야 했다. 답답한 마음에 "소가 차도로 못 나오게 막을 수는 없는 거예요?"라고 기사에게 물었더니, 그는 내가 농담으로 한 소리인 줄 알고 깔깔 웃기만 했다. 도로 위의 운전수들은 소만큼이나 태평해 보였다. 인도에서 소가 신성한 동물이라는 것을 익히 알았지만, 이렇게까지 보호받는 존재인 줄은 그때 처음 알았다.

리시케시에는 어딜 가나 소들이 있다. 한 번은 바나나를 먹으려 길에 섰는데 소가 내 옆으로 태연히 걸어왔다. "달라고?" 내가 묻자, 소는 눈을 껌뻑였다. 바나나를 반으로 쪼개 소에게 준 다음 담벼락 아래서 나란히 나누어 먹었다. 마치 단짝 친구랑 소풍 와서 도시락 먹는 기분이 들었다. 이런 일이 익숙해지다 보니 몇 달 뒤엔 팥빙수처럼 생긴 과일 스무디볼을 소 한입, 나 한입 숟가락 하나로 아무렇지 않게 돌려먹기도 했다. 소도 나도 이곳에서는 똑같이 숨 쉬고, 먹고, 잠을 자는 생명이다. 그게 전혀 특별한 일이 아니라는 점이 이 마을에서 제일 특별한 부분이었다. 단순히 소가 신의 동물로 여겨진다고 해서 이게 가능한 일일까. 스무디볼 그릇을 싹싹 비우며 나는 궁금해졌다.

"암소는 여신 격이야. 그래서 소를 죽이거나 다치게 하면, 그 사람 감옥 가." 리시케시에서 나고 자란, 나보다 세 살 어린 디팍이 내 궁금증에 답했다. "그럼 너도 소가 신이라고 생각해?"라고 물었더니, 디팍은 자기 할아버지의 할아버지는 아마 그렇게 믿을 것이라고 했다. 제 또래 친구들은 그렇게까지 생각하진 않는다나. 어쨌든 소를 해치면 처벌받을 수 있으니 조심해서 나쁠 게 없다는 게 그의 주장이었다. 이곳 사람들이 소를 아끼는 이유가 엄격한 법 때문인지, 신에 대한 굳건한 믿음 때문인지 나는 아직도 잘 모른다. 그렇게 속속들이 알 정도로 이곳에 오래 머물지도 않았다. 그런데 몇 개월간 이방인의 시선으로 직접 목격한 바로는 꼭 그런 규제 때문이 아니더라도 다른 생명들을 존중하는 문화가 그들에게 체화되어 있단 느낌이 있었다.

갈 길 바쁜 택시 기사도, 책을 먹이로 아는 소들 때문에 골치 아파하는 서점 주인도, 소들이 호시탐탐 노리는 과일을 사수해야 하는 과일장수도 어찌 보면 영업을 방해하는 소들이 괘씸할 만도 한데 한 번도 소를 때리거나 미워하는 눈치가 아니었다. 가끔 화가 나서 소를 내쫓는 시늉을 하더라도 때가 되면 소에게 줄 먹이를 챙겼으니 말이다. 솔직히 가게 앞에 매일 소가 똥을 싸거나, 판매할 물건을 먹어 치우는 게 일상이라면 얼마나 성가실까. 그것마저도 '오! 신의 선물이여.'라고 말하는 사람들은 아마 거의 없을 거다. 적어도 내 눈에는 사람들이 소를 신격화해서 대한다기보다는 부부싸움하고 나서도 밥은 같이 먹는 한식구처럼, 밉든 싫든 함께 살아가는 동반자로서 소를 대해주고 있다는 게 보였다.

리시케시에서 생활하는 동안 가장 많이 지나다닌 곳은 '락시만

줄라'와 '람줄라'라는 다리였다. 시골 마을이다 보니 다양한 가짓수의 생필품을 파는 번화한 상점 골목으로 가기 위해서는 이 다리 중 하나를 꼭 건너야만 했기 때문이다. 다리를 건너지 않는 방법은 한참을 걸어서 돌아가는 길뿐인데, 도보로 30분은 족히 걸렸기 때문에 대부분의 사람들은 다리 위를 지나가기를 더 선호했다. 이 다리의 딱 한 가지 불편한 점이라면 주말에 강을 건너려는 사람들이 너무 많아서 복잡하기가 이루 말할 수 없는 정도라는 거다(이 아비규환을 몇 번 체험하고 나서는 웬만하면 평일에 미리 상점에 들러 필요한 물건을 쟁여왔다). 그도 그럴 것이 다리의 폭이 사람 두세 명 지나가면 꽉 차는 정도라서 양쪽에서 한꺼번에 다리 위로 사람이 몰아치면 출근길 지하철을 탄 것처럼 사방에서 몸이 조여왔다.

고작 137미터 길이의 다리를 건너는 데 5분이나 넘게 소요되는 이유는 그 때문이었다. 물론 이것도 운이 좋아서 다리에 진입한 사람들의 경우고, 그전까지는 다리 양 끝 출입구에서 병목현상을 겪어가며 다리 위로 올라가기만을 학수고대해야 한다. 다리 입구 앞에 혼잡하게 서서 입장 차례를 기다리는 사람들의 모습은 그 자체로 진풍경이다. 더 기이한 부분은 건너는 이들이 오직 사람뿐이 아니라는 점이다. 소를 비롯해 짐을 실은 오토바이와 나귀, 떠돌이 개들, 수행자라 불리는 '사두'들, 커다란 과일 행상, 다리 난간 위의 원숭이까지 사람과 동물들이 한번에 뒤섞여 강 건너편을 향해 걸어가는 것이다. 소 한 마리가 진입하면, 다음엔 사람, 사람 다음엔 개, 개 다음엔 오토바이. 이 다리를 건너려면 그 누구도 예외 없이 줄을 서고 기다려야 했다. 그리고 어느 틈에 나도 그 기묘한 행렬에 동참해 있었다.

다리 위의 소가 똥을 싸려고 가다 멈추기라도 하면 뒷사람들은 맞은편 통행로로 앞질러 가거나 그 통로마저 막혀 있으면 또 마냥 기다리는 수밖에 없었다. 다리를 건축한 건 인간이고, 인간의 편의를 만든 시설 위에 소나 개나 말이나 사람이나 대등하게 순서를 기다려 줄을 서는 모습이 만화에나 나올법한 일 같아서 이곳을 지날 때마다 오묘한 웃음이 났다. 오히려 다리 위쪽을 자유로이 가로지르는 원숭이가 가장 우위에 있는 것만 같았다. 한 번은 디팍과 함께 다리를 건너는데, 원숭이 사진을 가까이에서 찍으려는 나를 그가 말렸다.

"원숭이가 있는 곳에선 어디서나 조심해. 손에 있는 건 다 뺏어 가거든."

그리고 어느 이른 아침, 요가 수련을 마치고 숙소로 돌아가는 길에 나는 디팍의 경고를 새겨듣지 않은 업보를 치렀다. 한 손에 과자봉지를 들고 있었는데, 다짜고짜 몸집이 나만큼 큰 어른 원숭이가 달려와서는 내 과자를 낚아채 도망간 것이다. 그때 함께 있던 친구와 나는 대화에 집중하던 터라 원숭이가 코앞에 올 때까지도 전혀 모르고 있다가 휙 하고 봉지를 채가는 소리에 너무 놀라서 소리 지르고 울다가 웃다가 난리를 피웠다. 나중에 원숭이에게 당한 이야기를 숙소의 인도 스태프들에게 말해줬더니, 이 친구들은 내가 당한 일을 무척 즐거워하면서 "원숭이들 구역에서는 과자 봉지를 숨겨야 해. 그들 구역에서는 인간이 조심해야지."라고만 했다.

솔직히 나처럼 순진한 관광객이 원숭이에게 당하지 않도록 대책을 세워줘야 하는 것 아닌가 싶어 꺼낸 말이었는데, 이곳이 인간의 땅인 동시에 원숭이의 땅이라고 여기는 그들에게는 내 잘못만 더 명백한 것이었다. 내가 얼마나 인간 중심으로 생각하는 사람이었는지도 새삼 알았다. 며칠 뒤에 나처럼 원숭이에게 당한 듯 보이는 백인 남자 세 명이 화가 났는지 원숭이에게 돌을 던지는 광경을 목격했다. 원숭이들도 열이 받아서 그들에게 똑같이 돌을 던지고 소리를 질렀다. 기가 막히는 상황에 잠시 얼이 나갔다가, 말려야겠다 싶어서 소리쳤다.

"멍청한 짓 그만해. (너무 열 받아서 더 심하게 말했지만 책에는 쓸 수 없을 것 같다.) 원숭이 구역에서는 원숭이 룰을 따라야지!!!"

개가 건너면, 소가 건너고, 소가 건너면 뒤따라 인간이 건너는 락시만줄라 위의 풍경은 마을 전체에서 펼쳐지고 있었다. 한 번은 개 세 마리가 막다른 길목의 계단을 한 칸씩 차지하고 낮잠을 자고 있는 바람에 길이 완전히 막혀버린 적이 있다. 예전의 나라면 개들을 깨웠을지도 모르겠다. 하지만 이 공간이 개들의 구역임을 눈치챈 나는 짧은 다리를 요가 하듯 좌악- 찢어 세 칸을 성큼 건너 올라갔다. 내가 자주 가던 카페에 오는 단골 고양이는 길러지는 것도 아닌데 내쳐지지도 않고 주인 행세를 했다. 얼마나 자주 오는 건지, 자기가 좋아하는 메뉴가 나오는 테이블만 골라가서 애교를 피웠다 (그녀를 유혹하기 위해 그린수프를 얼마나 많이 시켰는지 모른다). 이곳에 있다 보면 인간이 특별히 다른 생명보다 상위에 있는 존재라는 생각이 들지 않는다. 물론 인도의 동물들 중에도 평생을 짐 나르는 도구로만 사용되는 노새도 있고, 도축되는 물소도 있고, 어딘가에는 학대되는 개들도 있을 것이다. 하지만 나의 두 눈으로 본 이곳은 동냥을 해서 먹고사는 가난한 사람들도 자신의 먹을 것을 옆에 있는 강아지와 함께 나눈다. 소와 개와 원숭이가 인간을 두려워하지 않고 제 삶을 산다. 지구상에 살아가는 모두가 이 땅의 주인이자 손님이라는 너무나 당연한 사실을 이 마을에서는 발길 닿는 곳마다 매일 느낄 수 있었다.

보름달이 뜬 어느 날 밤, 커다란 나무 밑을 지나갈 때 인도 친구 루치가 갑자기 가벼운 박수를 세 번 쳤다. "어째서?"라고 물으니, 나무에도 신이 있는데 그 신에게 지나가겠다고 노크하는 거라고 한다. 내 머리 위에 이렇게 커다란 나무가 잠을 자고 있는 줄도 모르고 소란을 떨었다. "실례해요." 나도 조용히 박수를 쳤다. 리시케시에서는 나무도 당당한 일원이었다. 갠지스의 강바람이 나무에 일었고, 나무는 우리 쪽으로 잎새를 흔들었다. 강아지는 누군가 태워둔 모닥불 옆에 잠을 자고 있었다. 그건 정말로 아름다운 광경이었다.

노 프라블럼,
마이 프렌드

세상만사 모든 게
문제처럼 느껴질 때

((((

"노 프라블럼, 마이 프렌드."

내가 만난 인도 사람들은 하나같이 이 말을 참 많이 했다. 이 문장을 처음 들은 건 인도에 온 첫날, 첫 번째로 들른 카페에서였다. 인도에 오면 꼭 먹어보고 싶던 라씨 한 잔을 시켰는데, 내가 주문한 것보다 청구된 가격이 더 비싼 걸 확인했다. 메뉴판과 금액이 왜 다르냐고 물으니 가게 사장으로 보이는 사람이 돈을 돌려주며 능청스럽게 말했다.

"노 프라블럼. 쏘리 마이 프렌드."

친구라는 살가운 말까지 붙여가며 미안하다는데 더 뭐라 할 수도 없어서 찜찜한 마음으로 가게를 나왔다. 정직하게 장사하는 가게들이 물론 더 많았지만, 알고 보니 일부 카페와 식당들은 이런 식으로 관광객들에게 계산을 실수한 척 금액을 올려 받고 있었다. 이와 비슷한 경험이 한두 번 더 반복되고 나니 어딜 가든 계산서 먼저 확인하는 습관이 생겼다.

오토 릭샤(오토바이를 개조한 삼륜택시)를 탈 때에도 사정은 비슷했다. 한 번은 릭샤를 타고 멀리 나갈 일이 있어서 릭샤꾼과 가격 흥정을 했다. 릭샤꾼이 부른 비용은 지난번 인도 친구와 함께 똑같은 거리를 갈 때보다 50루피가 더 비쌌다. 사람은 더 줄고, 운전하기도 더 편한 낮인데 어째서 비용이 달라지냐고 묻자, 릭샤 아저씨는 더없이 환한 얼굴로 말했다.

"노 프라블럼, 마이 프렌드. 알겠어. 넌 내 친구니까 20루피 깎고 빠른 길로 가줄게."

말도 안 되는 논리에 기가 막혔지만, 아쉬운 사람은 나인데 어쩌겠나. 알겠다고 하고 며칠 전보다 더 비싸진 릭샤를 탔다. 혼자 다닐 때는 바가지 비용을 청구 받고, 현지인과 같이 다니면 가격이 싸지는 이 마법 같은 기적에 항의할 때마다 그들은 항상 "노 프라블럼"이라고 말했다. 잘못을 책임지고 진심으로 사과하는 일은 극히 드문 사람들의 태도에 나중엔 노 프라블럼이라는 말만 나와도 완전히 질려버렸다. 노상에 있는 식당에서 따끈따끈한 수프를 주문한 날에도 또! 그 말을 들었다. 웨이터가 내 앞에 내려놓은 수프 볼 속에는 파리 한 마리가 들어 있었다. 파리는 초록색 수프에 이미 범벅이 되어 있었고, 수프의 열기에 다 익어버린 것처럼 보였다. 놀란 나는 돌아서려는 웨이터를 불러 세웠다.

"수프에 파리가 들어갔어요!"

그러자 그는 망설임 없이 말했다.

"노 프라블럼, 마이 프렌드."

그러더니 곧바로 본인 주머니에 있던 스푼으로 파리를 건져내고는 다시 나에게 주었다. 충격을 받은 내가 "그냥 가져가 주세요."라고 부탁하니, 그는 이해할 수 없다는 표정을 지었다. 한참 뒤에 그가 새 수프를 가져다주었지만, 떠다니던 파리 생각이 나서 먹지 못하고 가게를 나왔다. 그날 이후, '노 프라블럼, 마이 프렌드'는 내가 인도에 있는 동안 정말 듣기 싫어했던 말 중 하나가 됐다.

그러던 어느 날, '노 프라블럼'을 들으며 쌓이고 쌓였던 불만이 한 번에 폭발하는 사건이 발생하고 말았다. 사용하고 있던 필름 카메라가 갑자기 고장 나는 바람에 수리를 맡겼을 때 생긴 일이었다. 작은 시골 마을에서 카메라 수리처를 찾는 게 쉽지 않아 마을에서 한참 떨어진 수리 대행 상점까지 간절한 마음으로 달려가 카메라를 부탁하게 되었다.

"잘 부탁드릴게요. 몇 달간 찍어둔 사진이 다 날아갈까 걱정돼서요."

수차례 사정하는 나에게 가게 사장님은 말했다.

"노 프라블럼, 마이 프렌드."

그 말을 듣자마자 어쩐지 불안했다. 하지만 카메라의 운명은 그에게 달려있었기 때문에 어쩔 수 없이 돌아섰다. 노심초사 기다리기를 하루, 이틀, 나흘, 그렇게 일주일이 지났다. 하도 연락이 안 오기에 먼저 전화를 걸어보아도 연결이 안 되기 일쑤, 전화를 받으면 "노 프라블럼, 마이 프렌드. 다 잘되고 있는데 시간이 걸려. 내가 전화 줄게 기다려."하고 무심하게 끊는 게 아닌가. 결국 카메라를 맡긴 지 열흘째 되는 날, "이 정도 시간이면 안 고치는 게 아니라 못 고치는 거지." 하는 생각이 들어 카메라를 다시 찾아올 요량으로 가게를 찾았다.

"사장님! 이건 노 프라블럼 아니에요. 아주 중요한 프라블럼이에요. 카메라 수리 안 할게요. 그냥 주세요."

나는 격앙된 목소리로 그에게 말했다. 그는 당황하지도 않고 마침 잘됐다며 30분만 또 기다리라고 했다. 그나 나나 모국어가 아닌 영어로 버벅거리며 말하는 수준이어서 정확히 알아듣기는 어려

윘으나, 어쨌든 30분 안에 해결될 거라는 식이었다. 정확히 10분 뒤쯤 사장님과 친분이 있어 보이는 사내가 들어오더니 카메라 배터리 하나를 전해줬다. 그리고 사장님은 배터리를 내 카메라에 갈아 끼우더니, 위잉- 하며 정상 작동하는 카메라를 나에게 건넸다. "건전지가 나가서 전원이 꺼진 거였다고요?" 황당해하며 물었더니, 그는 이 배터리는 리시케시에서 구할 수 없어서 델리에 출장 가 있던 자기 친구한테 부탁을 하느라 늦어졌다고 하는 것이다.

"그럼 그렇다고 말해주지 그랬어요. 오해했어요. 죄송해요."

한껏 심통을 냈던 나는 민망해져서 사과했다.

"여기서 10일 그렇게 긴 시간 아니야. 그리고 네가 사과할 일도 아니야. 우리 서로 말 안 통하니 그런 거지. 노 프라블럼, 마이 프렌드."

배터리 값을 지불하려는 나를 그들은 한사코 말렸다. 사장님은 내가 자기 친구니까 안 받는다고 하고, 델리에서 돌아온 사내는 사장님이 또 자기 친구니까 받을 수 없다고 했다. "수리비라도 받아요."했더니, "고친 게 없는데 뭘 받아."라는 말이 돌아왔다. 마지막 인사는 나를 더 겸연쩍게 만들었다.

"남은 여행 잘하고, 사진 많이 찍어. 잘 가. 마이 프렌드."

가게에 쫓아갈 때만 해도 '아저씨가 왜 내 친구예요?'라는 말을 뱉을 뻔했던 나는 죄스러운 마음에 어쩔 줄 몰라 하며 밖으로 나왔다. 그들의 시선에서 보면, 정말 모든 문제가 노 프라블럼 이었다. 카메라가 고장 나지 않았으니 노 프라블럼. 시골에서 구할 수 없는 건전지를 구할 수 있는 사람이 델리에 있었으니 노 프라블럼. 그 사람이 무사히 돌아와서 나를 우연히 또 만났으니 노 프라블럼. 모든 게 행운의 연속이었다. 문제가 있다면 그와 나의 순탄치 않았던 의사소통과 한국에 비하면 턱없이 느린 인도의 서비스 속도뿐이었다. 그런데도 나는 바보같이 성질을 내며 문제가 아닌 일을 크게 키워 문제로 만들었다. 아마 이곳에서 태연히 웃으며 "노 프라블럼, 마이 프렌드"라고 말해주는 이들이 없었다면, 세상만사 성급하게 문제라 여기는 내 성격을 끝내 자성하지 못했을 것이다.

돌이켜보면 이곳에 와서 문제라 단정 짓고 열받아 했던 일들 중에는 단순한 문화적 차이에서 비롯된 일들도 많았다. 특히 식당에서 있었던 수프 속의 파리 이야기는 문제 축에도 못 끼는 에피소드였다. 몇 달 생활해 본 결과, 리시케시의 모든 식당에서 파리를 피할 수 있는 방법은 두 가지밖에 없었기 때문이다. 첫째, 빨리 먹어치우기. 둘째, 파리가 안 좋아하는 진저 레몬티만 내리 마시기. 그렇지 않고서는 어떤 음식이든 파리가 들어갈 수 있다는 걸 나중에야 알았다. 심지어 몇 달 뒤엔 나 역시 그때 그 웨이터가 내게 보여 줬던 방식대로 파리를 퍼내고 있었다. 그러니 내가 문제라 판단하지 않는다면 실제로 아무 문제가 아닐 수도 있는 것이었다. 물론 일부 릭샤와 카페에서 당한 바가지요금까지 노 프라블럼이라고 여기고 싶진 않다. 소비자를 기만하고 반성하지 않는 사람들은 분명 문제가 있고, 이런 행위를 관행 정도로만 여긴다면 그건 정말 안타까운 일일 테니까. 그러나 내가 인도에 있는 동안 겪은 사건들 중에는 군이 문제 삼을 필요가 없는 일도 있었다. 그런데도 낯선 환경에서 날카로워지다 보니 매사 편협하게 굴었다는 점이 후회로 남았다.

그런데 더 솔직하게 말해서 내가 예민해진 이유가 꼭 인도라는 특수한 환경 탓이었을까? 그럴 리 없다. 평소에도 나는 사소한 사건을 크게 부풀려 스트레스를 받는 사람이었고, 인도에서 그걸 더 확실히 자각한 것뿐이었다. 화내고, 욱하고, 다 알아 보기도 전에 열받아 했던 부끄러운 과거의 나는 이전에도, 지금까지도 무수히 존재했던 것이다. 요가 선생님이 되기 전에 이런 나를 알아차린 게 사실 얼마나 다행인지. 나에게 "노 프라블럼!"을 외쳐줬던 많은 인도인들에게 이 자리를 빌려 감사를 전하고 싶다. 물론 요즘이라고 나를 분노하게 하는 일들이 벌어지지 않는 건 아니다. 하지만 이제는 감정에 동요하기 전 "노 프라블럼"을 외치던 그들을 떠올리며 선불리 반응하지 않겠다는 주문을 먼저 외쳐 본다. "스런아. 이거 별문제 아냐. 괜찮아. 노 프라블럼, 마이 프렌드!"라고.

오직 나를 위한,
나만의 루틴 찾기

"요가 안 해도 돼요. 하고 싶은 거 해요."

요즘엔 요가를 통해 육체적 건강은 물론, 마음을 돌보려는 사람들이 많아진 것 같다. 예전엔 그런 사람들이 없었다는 얘기가 아니라, 요가원에서 상담 업무를 하다 보면 "내면의 안정을 위해 요가를 배우고 싶다"라고 말하는 분들이 전보다 늘어난 것을 실감하기 때문이다. 근래에 요가원 홍보 전단지에 'S라인을 만들자!'는 식의 문구보다 '마음챙김' '명상' '이너피스'처럼 내면을 중시하는 단어가 더 많이 사용되는 것도 이런 흐름을 반영하는 결과인 것 같다. 무엇보다 매일 요가 수업을 진행하면서 사람들은 누구나 자기마음을 잘 알고, 다스리고 싶어 한다는 걸 그들의 몸짓, 표정, 에너지를 통해 누구보다 가까이에서 나는 체감하고 있다.

그런데 요가만 하면 정말 몸과 마음을 알 수 있는 걸까? 요가계에서 명언처럼 회자되는 "Do Your Practice, and All is Coming.(수련을 꾸준히 하다 보면 모든 게 따라온다.)"이라는 말을 빌리자면, 답은

"Yes"이다. 하지만 여기에서의 수련은 동작뿐만 아니라 인도의 경전 요가수트라에 나오는 요가의 8단계*를 전부 포함하는 말이고, 십 년도 이십 년도 아닌 평생을 수련한다는 전제하에 가능함을 의미한다. 말 그대로 고행의 길을 걷는 '요기'들의 방식이란 얘기다. 요가를 사랑하는 수련자의 입장에서 본다면야 모든 사람들이 요기가 되는 세상을 꿈꾸는 것은 즐거운 상상이긴 하나, 일상에서는 모든 사람들이 그럴 필요도 없고, 그리고 싶지도 않을 것이다. 일단 평범한 생활을 하면서 매일을 요기의 자세로 먹고 수련하는 일은 현실적으로 힘들다. 또 아직은 수련이 부족한 탓이겠지만, 지금까지의 내 경험만 보더라도 날마다 요가를 한다고 해서 마음이 길을 잃지 않는 것도 아니었다. 요가를 알기 전보다는 평온한 삶을 살아가고 있음에도 불구하고 내가 누구인지, 나의 내면을 어떻게 다스려야 하는지 완벽한 답은 찾지 못한 까닭이다. 앞으로 죽을 때까지

• **요가 8단계** 파탄잘리의 요가수트라 8단계(요가수트라 2장 29~45절)에 나오는 내용으로, 야마(타인에 대한 금기사항), 니야마(자신에 대한 권고사항), 아사나(동작), 프라나야마(호흡), 프라티야하라(감각제어), 다라나(집중), 디야나(명상), 사마디(삼매)를 뜻한다.

더 방황하고 수련하면 길을 찾을 수도 있을 거라 예상하면서도 장담은 못 하겠다. 밥 먹고 요가만 하는 나도 이렇게 생각하는데, 일주일에 한두 번 요가원에 가는 길도 버거운 사람들에게 "마음이 답답하면, 요가를 평생 해보세요. 거기에 답이 있어요."라는 말은 참으로 현실감 없는 답변이 아닐까.

요가 매트 위에서 이리저리 헤맬 때마다, 나는 내 몸과 마음을 볼 수 있는 요가보다 더 나은 '도구'가 어딘가에 있을 거라 생각했다. 그 도구를 찾아 요가와 함께 사용하고 싶었다. 예전엔 요가에만 순수하게 몰두하며 요기처럼 살고 싶단 다짐을 한 적도 있었지만, 지금의 나는 요가라는 도구를 내 인생을 위해 실용적으로 쓰고 싶을 뿐이다. 나를 더 행복하게 할 수 있다면 요가든 뭐든 다 해보자는 입장인 것이다. 하나의 무기만 가진 사람보다는 적재적소로 쓸 수 있는 아이템이 많은 사람이 생존에는 더 유리할 테니까. 물론 여러 도구들 중에서도 내 안의 1등은 요가이고, 아마 이 순위는 일생 동안 변하지 않을지도 모른다. 때문에 내 루틴의 중심엔 언제나 요가가 있고, 수련을 하면서 다른 루틴들을 곁들여 시너지를 얻는 방식으로 살아가고 있다. 예를 들어 수련을 해도 마음이 번잡한 날,

몸과 마음을 위한 일지를 써보고, 차도 마셔보고, 잠도 푹 자보고, 산책도 해본다. 그러다 보면 지금 나의 상황을 다방면으로 이해할 수 있게 되면서 결과적으로 수련만 할 때보다 나를 더 잘 알게 된다. 그로써 다시 수련에 정진할 수 있는 힘도 얻는다. 그래서 매일 이 루틴들을 알차게 활용하는 중이다.

물론 이것은 오직 나의 경험이다. 이 글을 읽는 모두는 각기 다르다. 몸이 다르고, 하는 일이 다르고, 잠자는 시간과 먹는 것도 다르다. 요가가 싫다는 사람에게 굳이 요가를 권유하고 싶지 않은 이유도 마찬가지다. 하지만, 요가를 선호하든 아니든 생활 속에서 꾸준히 실천할 수 있는 루틴은 누구나 필요하지 않을까? 그게 헬스장에서든, 수영장에서든, 집에서든, 회사에서든 말이다. 또, 요가 수련을 열심히 하고 싶지만 여건이 따라주지 않는 사람들(나처럼 하루 종일 요가만 할 시간이 없는 바쁜 이들)에게 요가의 길을 잘 걸어갈 수 있게 도와주는 지도와 지팡이가 있으면 더 좋지 않을까? 내가 실천하는 루틴들을 소개하고자 한 계기는 여기에 있다. 긴 인생, 긴 호흡을 가지고 갈 수 있는 '인생 셀프 수련법'은 모두에게 필요하니까.

이 책에 적힌 내용들은 전부 내 인생에 적용했을 때 괜찮아서 남에게도 소개 하고픈 것들이다. 그러니 흥미 있어 보이는 내용은 따라 해 보고, 별로인 건 과감히 넘기면 된다. 중요한 건 이 글을 가이드라인 삼아 본인만의 루틴을 만들어 보는 일이다. 그러기 위해선 나를 관찰하며 일지를 작성하는 일이 가장 중요하다. '아침 식사는 꼭 해야 한다' '잠은 8시간 자야 한다' 같은 통상적인 이야기에 매달리는 것이 아니라, 아침을 몇 시에 얼마만큼 먹으면 나에게 좋은지, 몇 시간을 자야 내가 만족하는지를 주도적으로 관찰해 일지에 적어보자. 그러고 나면 내가 정한 대로 생활을 해본다. 괜찮으면 계속하고, 맞지 않으면 조금 더 관찰해 더 나은 선택지를 찾아본다. 그렇게 찾은 루틴은 스스로를 행복하게 만드는 데 쓰면 된다. 규칙에 얽매여 조급해하거나, 지키지 않았다고 해서 불행에 빠지지 말 것!

우리에게는 자신에게 보다 좋고 건강한 것을 스스로 취할 수 있는 힘이 있다고 믿는다. 다만 방법을 몰라서, 습관이 들지 않아서, 스스로의 기준이 없어서, 단기적으로 끝나버려서 도중에 포기하거나 다다르지 못했을 뿐이다. 실제로 지인들이나 요가원 회원들에게 일지 쓰는 방식과 나의 루틴에 대해 설명해 주고 적용해보라고 제안했을 때, 단기간에도 자기만의 루틴을 만들고, 안 좋은 습관을 끊어내는 등 변화한 모습을 보여주는 사람들이 많았다. 그렇게 꾸준히 나를 관찰하고 돌보다 보면 오직 나를 위한, 나만의 길을 찾을 수 있을 것이다. 그리고 나는 그 길을 가고자 하는 사람들을 응원하며, 내 도움이 필요하다면 언제든 친절히 안내하고 싶다.

사랑하는 친구 H를 영원히 기억하며.

참고문헌

단행본

레이 올든버그, 《제 3의 장소; 작은 카페, 서점, 동네 술집까지 삶을 떠받치는 어울림의 장소를 복원하기》, 풀빛, 2019.

매슈 워커, 《우리는 왜 잠을 자야 할까; 수면과 꿈의 과학》, 열린책들, 2019.

무라카미 하루키, 《직업으로서의 소설가》, 현대문학, 2016.

빅터 프랭클, 《삶의 물음에 '예'라고 대답하라》, 산해, 2005.

스티븐 R. 건드리, 《오래도록 젊음을 유지하고 건강하게 죽는 법; 장수의역설》, 브론스테인, 2019.

정재승, 《열두 발자국》, 어크로스출판그룹(주), 2018.

프레드릭 르봐이예, 《폭력 없는 탄생》, 예영커뮤니케이션, 2012.

논문

서혜경, 박경숙, "클라리세이지(Clarysage) 에센셜 오일을 이용한 향기 흡입법이 중년여성의 스트레스 감소에 미치는 효과", 『여성건강간호학회지』 Vol.9, No.1, 70–79, 2003.

기사

"내면의 모든 힘을 쏟아부어 삶 속에서 요가를 실천하자", 〈요가저널 코리아〉, 2019. 10.

"휠체어에서 백조로, 몸의 기억은 치매보다 강했다", 〈조선일보〉, 2020. 11. 12.

인터넷 자료

국가건강정보포털(https://health.cdc.go.kr/).

네이버 지식백과(http://terma.naver.com/).

미국 국립수면재단(https://www.sleepfoundation.org).

미국 국립생물정보센터(https://www.ncbi.nlm.nih.gov/).

세계보건기구(https://www.who.int/).

만든 곳에 대해서 더 알고 싶으신 분은
인스타그램 @chaeryunbook으로 방문해 주세요.
책만듦이의 비하인드 스토리,
출판사에서 일어나는 일상 기록이 담겨있어요.

오늘이 좋아지는 연습

1판 1쇄 펴낸날 2021년 5월 10일

지은이 성스런

책만듦이 김승민 책꾸미고 그린이 이민현

펴낸곳 채륜서 펴낸이 서채윤
신고 2011년 9월 5일(제2011-43호)
주소 서울시 광진구 자양로 214, 2층(구의동)
대표전화 1811.1488 팩스 02.6442.9442
E-mail book@chaeryun.com Homepage www.chaeryun.com

책값은 뒤표지에 있습니다.
ISBN 979-11-85401-59-1 03810

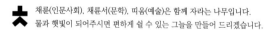

채륜(인문사회), 채륜서(문학), 띠움(예술)은 함께 자라는 나무입니다.
물과 햇빛이 되어주시면 편하게 쉴 수 있는 그늘을 만들어 드리겠습니다.